ERICH KÄSTNER

DER 35. MAI

ODER
KONRAD REITET IN DIE SÜDSEE

ILLUSTRATIONEN VON HORST LEMKE

CECILIE DRESSLER VERLAG · HAMBURG
ATRIUM VERLAG · ZÜRICH

Von Erich Kästner sind bei Dressler außerdem erschienen:
Als ich ein kleiner Junge war
Das doppelte Lottchen
Emil und die Detektive
Emil und die drei Zwillinge
Erich Kästner erzählt
Das fliegende Klassenzimmer
Der kleine Mann
Der kleine Mann und die kleine Miss
Die Konferenz der Tiere
Die lustige Geschichtenkiste (Sammelband)
Pünktchen und Anton
Das Schwein beim Friseur
Das verhexte Telefon

Und in der Reihe Dressler Klassiker:
Don Quichotte
Der gestiefelte Kater
Gullivers Reisen
Münchhausen
Die Schildbürger
Till Eulenspiegel
Die verschwundene Miniatur

54. Auflage
Cecilie Dressler Verlag, Hamburg
Atrium Verlag, Zürich
© Atrium Verlag, Zürich 1935
Erstmals erschienen 1932 im Williams & Co. Verlag, Berlin
Titelbild von Walter Trier, Illustrationen von Horst Lemke
Satz: Clausen & Bosse, Leck
Druck und Bindung: Ueberreuter Buchproduktion Ges. m. b. H., Korneuburg
Printed in Austria 2003
ISBN 3-7915-3016-X

www.cecilie-dressler.de

INHALT

Es war am 35. Mai

Es war am 35. Mai. Und da ist es natürlich kein Wunder, dass sich Onkel Ringelhuth über nichts wunderte. Wäre ihm, was ihm heute zustoßen sollte, auch nur eine Woche früher passiert, er hätte bestimmt gedacht, bei ihm oder am Globus seien zwei bis drei Schrauben locker. Aber am 35. Mai muss der Mensch auf das Äußerste gefasst sein.

Außerdem war Donnerstag. Onkel Ringelhuth hatte seinen Neffen Konrad von der Schule abgeholt, und jetzt liefen beide die Glacisstraße entlang. Konrad sah

7

bekümmert aus. Der Onkel merkte nichts davon, sondern freute sich aufs Mittagessen.

Ehe ich aber mit dem Erzählen fortfahre, muss ich eine familiengeschichtliche Erklärung abgeben. Also: Onkel Ringelhuth war der Bruder von Konrads Vater. Und weil der Onkel noch nicht verheiratet war und ganz allein wohnte, durfte er an jedem Donnerstag seinen Neffen von der Schule abholen. Da aßen sie dann gemeinsam zu Mittag, unterhielten sich und tranken miteinander Kaffee, und erst gegen Abend wurde der Junge wieder bei den Eltern abgeliefert. Diese Donnerstage waren sehr komisch. Denn Onkel Ringelhuth hatte doch keine Frau, die das Mittagessen hätte kochen können! Und so was Ähnliches wie ein Dienstmädchen hatte er auch nicht. Deshalb aßen er und Konrad donnerstags immer lauter verrücktes Zeug. Manchmal gekochten Schinken mit Schlagsahne. Oder Salzbrezeln mit Preiselbeeren. Oder Kirschkuchen mit englischem Senf. Englischen Senf mochten sie lieber als deutschen, weil englischer Senf besonders scharf ist und so beißt, als ob er Zähne hätte.

Und wenn ihnen dann so richtig übel war, guckten sie zum Fenster hinaus und lachten derartig, dass die Nachbarn dachten: Apotheker Ringelhuth und sein Neffe sind leider wahnsinnig geworden.

Na ja, sie liefen also die Glacisstraße lang, und der
Onkel sagte gerade: »Was ist denn mit dir los?« Da
zupfte ihn jemand am Jackett. Und als sich beide um-
drehten, stand ein großes schwarzes Pferd vor ihnen
und fragte höflich: »Haben Sie vielleicht zufällig ein
Stück Zucker bei sich?«

Konrad und der Onkel schüttelten die Köpfe.

»Dann entschuldigen Sie bitte die Störung«, meinte
das große schwarze Pferd, zog seinen Strohhut und
wollte gehen.

Onkel Ringelhuth griff in die Tasche und fragte: »Kann ich Ihnen mit einer Zigarette dienen?«

»Danke, nein«, sagte das Pferd traurig, »ich bin Nichtraucher.« Es verbeugte sich förmlich, trabte dem Albertplatz zu, blieb vor einem Delikatessgeschäft stehen und ließ die Zunge aus dem Maul hängen.

»Wir hätten den Gaul zum Essen einladen sollen«, meinte der Onkel. »Sicher hat er Hunger.« Dann sah er den Neffen von der Seite an und sprach: »Konrad, wo brennt's? Du hörst ja gar nicht zu!«

»Ach, ich hab einen Aufsatz über die Südsee auf.«

»Über die Südsee?«, rief der Onkel. »Das ist aber peinlich.«

»Entsetzlich ist es«, sagte Konrad. »Alle, die gut rechnen können, haben die Südsee auf. Weil wir keine Phantasie hätten! Die andern sollen den Bau eines vierstöckigen Hauses beschreiben. So was ist natürlich eine Kinderei gegen die Südsee. Aber das hat man davon, dass man gut rechnen kann.«

»Du hast zwar keine Phantasie, mein Lieber«, erklärte Onkel Ringelhuth, »doch du hast mich zum Onkel, und das ist genauso gut. Wir werden deinem Herrn Lehrer eine Südsee hinlegen, die sich gewaschen hat.« Dann trat er mit dem einen Fuß auf die Fahrstraße, mit dem andern blieb er oben auf dem Bürgersteig, und so humpelte er neben seinem Neffen her. Konrad war auch nur ein Mensch. Er wurde vergnügt.

Und als der humpelnde Onkel einen der Vorübergehenden grüßte und, kaum war der Mann vorbei, sagte: »Pfui Teufel, das war mein Gerichtsvollzieher«, da musste der Junge kichern, als würde er gekitzelt.

Als sie beim Onkel angekommen waren, setzten sie sich gleich zu Tisch. Es gab gehackten Speckkuchen und ein

bisschen später Fleischsalat mit Himbeersaft. »Die ollen Spartaner aßen sogar Blutsuppe, ohne mit der Wimper zu zucken«, meinte der Onkel. »Wie schmeckt's, junger Freund?«

»Scheußlich schön«, gab Konrad zur Antwort.

»Tja, man muss sich abhärten«, bemerkte der Onkel. »Als Soldaten bekamen wir Nudeln mit Hering und als Studenten Reis in Saccharin gekocht. Wer weiß, was man euch, wenn ihr groß seid, zumuten wird. Drum iss, mein Junge, bis dein Magen Hornhaut kriegt!« Und damit goss er ihm noch einen Löffel Himbeersaft über den Fleischsalat.

Nach dem Essen guckten sie erst mal eine Viertelstunde aus dem Fenster und warteten, dass ihnen schlecht würde. Aber es wurde nichts daraus. Und dann turnten sie. Der Onkel bugsierte den Neffen auf den großen Bücherschrank, und Konrad machte dort oben den Handstand. »Moment«, sagte Ringelhuth, »bleib mal 'ne Weile verkehrt herum stehen.« Er ging ins Schlafzimmer, brachte sein Federbett angeschleppt und legte es vor den Bücherschrank. Dann kommandierte er: »Hoppla!«, und Konrad sprang in der Hocke vom Schrank herunter aufs Federbett, das am Boden lag.

»Großartig!«, rief der Onkel, nahm ein wenig Anlauf und sauste in der Grätsche längs über den Tisch. Unmit-

telbar danach hörten sie unter sich einen dumpfen Knall und anschließend viel Geklirr. Und der Onkel sagte ergriffen: »Das war Mühlbergs Kronleuchter.« Sie warteten ein paar Minuten, aber es klopfte niemand, und es klingelte auch nicht.

»Wahrscheinlich sind Mühlbergs nicht zu Hause«, meinte Konrad.

Und dann klingelte es doch! Der Junge rannte hinaus, öffnete und kam blass zurück. »Das große schwarze Pferd steht draußen«, flüsterte er.

»Herein damit!«, befahl Onkel Ringelhuth. Und der Neffe ließ das Tier eintreten. Es zog den Strohhut und fragte: »Stör ich?«

»Kein Gedanke!«, rief der Onkel. »Bitte nehmen Sie Platz.«

»Ich stehe lieber«, sagte das Pferd. »Fassen Sie das

14

nicht als Unhöflichkeit auf, aber wir Pferde sind zum Sitzen nicht eingerichtet.«

»Ganz wie Sie wünschen«, meinte der Onkel. »Darf ich übrigens fragen, was uns die Ehre Ihres Besuches verschafft?«

Das Pferd blickte die beiden mit seinen großen ernsten Augen verlegen an. »Sie waren mir von allem Anfang an so sympathisch«, sagte es.

»Ganz unsererseits«, erwiderte Konrad und verbeugte sich. »Haben Sie übrigens immer noch Appetit auf Würfelzucker?« Er wartete keine Antwort ab, sondern sprang in die Küche, holte die Zuckerdose ins Zimmer, legte ein Stück Zucker nach dem andern auf die Handfläche, und das Pferd fraß ohne abzusetzen zirka ein halbes Pfund. Dann atmete es erleichtert auf und sagte: »Donnerwetter noch mal, das wurde aber höchste Zeit! Besten Dank, meine Herren. Gestatten Sie, dass ich mich vorstelle, ich heiße Negro Kaballo! Ich trat bis Ende April im Zirkus Sarrasani als Rollschuh-Nummer auf. Dann wurde ich aber entlassen und habe seitdem nichts mehr verdient.«

»Ja, ja«, sagte Onkel Ringelhuth, »es geht den Pferden wie den Menschen.«

»Diese verflixten Autos!«, fuhr Negro Kaballo fort. »Die Maschinen richten uns Pferde völlig zugrunde.

Denken Sie nur, ich wollte mich sogar als Droschkengaul vermieten, obwohl ich ja eigentlich ein Pferd mit Gymnasialbildung bin. Aber nicht einmal der Generalsekretär vom Reichsverband der Droschkenpferde konnte mich unterbringen. Und das ist bestimmt ein einflussreiches Pferd. Im Übrigen fährt dieses Rhinozeros von einem Gaul selber Auto!«

»Unter solchen Umständen braucht man sich freilich über gar nichts mehr zu wundern«, erklärte Onkel Ringelhuth kopfschüttelnd.

»Sie sind ein netter Mensch«, sagte das Pferd gerührt und schlug ihm mit dem linken Vorderhuf auf die Schulter, dass es nur so krachte.

»Aua!«, brüllte Ringelhuth.

Konrad drohte dem Rappen mit dem Finger. »Wenn Sie mir meinen Onkel kaputtmachen«, rief er, »kriegen Sie's mit mir zu tun.«

Das Pferd schob die Unterlippe zurück, dass man das weiße Gebiss sehen konnte, und lachte lautlos in sich hinein. Dann entschuldigte es sich vielmals. Es sei nicht so gemeint gewesen.

»Schon gut«, sagte Onkel Ringelhuth und rieb sich das Schlüsselbein. »Aber das nächste Mal müssen Sie etwas vorsichtiger sein, geschätzter Negro Kaballo. Ich bin keine Pferdenatur.«

»Ich werde aufpassen«, versprach der Rappe, »so wahr ich der beste internationale Rollschuh-Akt unter den Säugetieren bin!«

Und dann guckten sie alle drei zum Fenster hinaus. Das Pferd bekam, als es auf die Straße hinuntersah, einen Schwindelanfall, wurde vor Schreck blass und klappte die Augendeckel zu. Erst als Konrad meinte, es solle sich was schämen, machte es die Augen langsam wieder auf.

»Kippen Sie bloß nicht aus dem Fenster«, warnte Ringelhuth. »Das fehlte gerade noch, dass ein Pferd aus meiner Wohnung auf die Johann-Mayer-Straße runterfällt!«

Negro Kaballo sagte: »Wissen Sie, unsereins hat so selten Gelegenheit, aus dem dritten Stockwerk zu sehen. Aber jetzt geht es schon. Trotzdem wäre ich Ihnen dankbar, wenn Sie mich in die Mitte nehmen wollten. Besser ist besser.«

Das Pferd postierte sich nun also zwischen Onkel und Konrad, steckte den Kopf weit aus dem Fenster und fraß vom Balkon des Nachbarn zwei Fuchsien und eine Begonie mit Stumpf und Stiel. Nur die Blumentöpfe ließ es freundlicherweise übrig.

Plötzlich gab es auf der Straße einen Heidenlärm. Da stand nämlich ein kleiner kugelrunder Mann, wedelte mit Armen und Händen, strampelte mit den fetten Beinchen und schrie wie am Spieß. »Das geht entschieden zu weit!«, kreischte er aufgebracht. »Augenblicklich nehmen Sie das Pferd aus dem Fenster! Kennen Sie die Hausordnung noch immer nicht? Wissen Sie nicht, dass es verboten ist, Pferde mit in die Wohnung zu bringen? Was?«

»Wer ist denn der Knirps?«, fragte Konrad.

»Ach, das ist bloß mein Hauswirt«, antwortete Onkel Ringelhuth, »Clemens Waffelbruch heißt er.«

»So eine Unverschämtheit Ihrerseits«, schrie der kleine dicke Herr Waffelbruch. »Die Blumen, die diese Schindmähre von Lehmanns Balkon widerrechtlich entfernt und gefressen hat, werden Sie gefälligst ersetzen. Kapiert?«

Da lief dem Pferd ein Schauder übers schwarze Fell. Hoho, beleidigen ließ es sich nicht! Es kriegte einen der leer gefressenen Blumentöpfe zu fassen und ließ ihn senkrecht aus dem Fenster fallen. Der Blumentopf sauste, als habe er's außerordentlich eilig, abwärts und bumste dem schreienden Hauswirt mitten auf den steifen Hut. Herr Clemens Waffelbruch knickte in die Knie, schwieg verdutzt, blickte wieder nach oben, zog seinen demolierten Hut und sagte zitternd: »Nichts für ungut.«

Dann stolperte er rasch ins Haus.

»Wenn der Kerl nicht gegangen wäre«, sagte das Pferd, »hätte ich ihm nach und nach den ganzen Balkon auf den Hut geschmissen.«

»Das wäre mir entschieden zu teuer geworden«, meinte Onkel Ringelhuth. »Gehen wir lieber wieder ins Zimmer!«

Negro Kaballo wieherte belustigt. Und dann spazierten sie ins Zimmer zurück und spielten zu dritt Dichterquartett. Das Pferd gewann, wie es wollte. Es kannte alle klassischen Namen und Werke auswendig. Onkel Ringelhuth hingegen versagte völlig. Als Apotheker, der er war, wusste er zwar, was für Krankheiten die Dichter gehabt hatten und womit sie kuriert worden und woran sie gestorben waren. Aber ihre Romane und Dramen hatte er samt und sonders verschwitzt. Es ist kaum zu glauben: Doch er behauptete tatsächlich, Schillers »Lied von der Glocke« sei von Goethe!

Mit einem Mal sprang Konrad hoch, warf seine Quartettkarten auf den Tisch, rannte zum Bücherschrank, riss die Tür auf, holte ein dickes Buch aus der obersten Reihe, setzte sich auf den Teppich und blätterte aufgeregt.

»Wir möchten nicht aufdringlich sein«, sagte der Onkel, »aber vielleicht erklärst du uns, warum du einfach

20

vom Tisch fortrennst und uns im Stich lässt? Übrigens
fehlt mir noch ein Lustspiel von Gotthold Ephraim Lessing. Ich weiß nur, dass Lessings Frau, eine gewisse Eva
König, kurz nach der Geburt eines Kindes starb, und
das Kind starb ein paar Tage später, und Lessing selber
lebte dann auch nicht mehr lange.«

»Ein Lustspiel ist das grade nicht, was Sie uns da mitteilen«, bemerkte das Pferd spöttisch. Dann presste es sein Maul an Onkel Ringelhuths Ohr und wisperte: »Minna von Barnhelm.«

Der Onkel schlug ärgerlich auf den Tisch. »Nein! Eva König hieß die Frau, nicht Minna von Bornholm.«

»Kruzitürken!«, brummte der Gaul. »Minna von Barnhelm war doch nicht Lessings Frau, sondern sein Lustspiel hieß so.«

»Aha!«, rief Ringelhuth. »Warum haben Sie das nicht gleich gesagt! Konrad, rück mal die Minna von Bornholm raus!«

Konrad saß auf dem Teppich, blätterte in dem Buch und schwieg.

»Möchten Sie meinen Herrn Neffen mal mit einem wohlgezielten Hufschlag aus seinem Anzug stoßen?«, fragte Ringelhuth seinen vierbeinigen Gast.

Da trottete das Pferd zu Konrad hinüber, packte ihn mit den Zähnen an seinem Kragen und hob ihn hoch in die Luft. Aber Konrad merkte gar nicht, dass er nicht mehr auf dem Teppich saß. Sondern er blätterte, obwohl ihn das Pferd in die Luft hielt, nach wie vor in dem Buch und zog Sorgenfalten.

»Ich kann sie nicht finden, Onkel«, sagte er plötzlich.

»Wen?«, fragte Ringelhuth. »Die Minna von Bornholm?«

»Die Südsee«, sagte Konrad.

»Die Südsee?«, fragte das Pferd erstaunt. Weil es aber beim Reden das Maul aufmachen musste, fiel Konrad mit Getöse aufs Parkett.

»Ein Glück, dass Mühlbergs Kronleuchter schon runtergefallen ist«, meinte der Onkel und rieb sich befriedigt die Hände. »Aber was machen wir bloß mit dieser Südsee?« Er wandte sich zu dem Pferd:»Mein Neffe muss nämlich bis morgen einen Aufsatz über die Südsee schreiben.«

»Weil ich gut rechnen kann«, erklärte Konrad missvergnügt.

Das Pferd überlegte einen Augenblick. Dann fragte es den Onkel, ob er am Nachmittag Zeit habe.

»Klar«, sagte Ringelhuth,»donnerstags habe ich in meiner Apotheke Nachtdienst.«

»Ausgezeichnet«, rief Negro Kaballo,»da gehen wir rasch mal hin!«

»In die Apotheke?«, fragten Konrad und der Onkel wie aus einem Munde.

»Ach wo«, sagte das Pferd,»in die Südsee natürlich.« Und dann fragte es:»Darf ich mal telefonieren?« Onkel Ringelhuth nickte, und das Pferd trabte ans Telefon, nahm den Hörer von der Gabel, wählte eine Nummer und sagte:»Hallo! Ist dort das Reisebüro für Zirkuspferde? Ich möchte das Riesenross persönlich sprechen. Selbst am Apparat? Wie geht's denn? Die Mähne wird grau? Ja, wir sind nicht mehr die Jüngsten. Also hören Sie, wie komm ich auf dem kürzesten Weg nach der Südsee? Ich will am Abend schon wieder hier sein. Schwierig? Riesenross, machen Sie keine Geschichten! Wo ich bin? Johann-Mayer-Straße 13. Bei einem guten Bekannten, einem gewissen Ringelhuth. Was? Na, das ist ja großartig! Heißen Dank, mein Lieber!«

Das Pferd wieherte zum Abschied dreimal ins Telefon, legte den Hörer auf, drehte sich um und fragte: »Herr Ringelhuth, befindet sich auf Ihrem Korridor ein großer geschnitzter Schrank? Es soll ein Schrank aus dem 15. Jahrhundert sein.«

»Und wenn dem so wäre«, sagte Ringelhuth, »was, um alles in der Welt, hat so ein alter Schrank mit der Südsee und Ihrem Riesenross zu tun?«

»Wir sollen in diesen Schrank hineingehen und dann immer gradeaus. In knapp zwei Stunden wären wir an der Südsee«, erklärte das Pferd.

»Machen Sie keine faulen Witze!«, bat Onkel Ringelhuth.

Konrad aber raste wie angestochen in den Korridor hinaus, öffnete die knarrenden Türen des alten großen Schrankes, der dort stand, kletterte hinein und kam nicht wieder zum Vorschein.

»Konrad!«, rief der Onkel. »Konrad, du Lausejunge!« Aber der Neffe gab keinen Laut von sich. »Ich werde verrückt«, versicherte der Onkel. »Warum antwortet der Bengel nicht?«

»Er ist sicher schon unterwegs«, sagte das Pferd.

Da kannte Ringelhuth kein Halten mehr. Er rannte hinaus zum Schrank, blickte hinein und rief: »Wahrhaftig, der Schrank hat keine Rückwand!«

Das Pferd, das ihm gefolgt war, meinte vorwurfsvoll: »Wie konnten Sie daran zweifeln? Klettern Sie nur auch hinein!«

»Bitte nach Ihnen«, sagte Onkel Ringelhuth, »ich bin hier zu Hause.«

Das Pferd setzte also die Vorderhufe in den Schrank. Ringelhuth schob aus Leibeskräften, bis der Gaul im Schrank verschwunden war. Dann kletterte der Onkel ächzend hinterher und sagte verzweifelt: »Das kann ja gut werden.«

Onkel Ringelhuth stieß in dem Schrank gegen einen harten Gegenstand. Das war ein alter Spazierstock, und den nahm er mit. Die Südsee ist weit, dachte er. Und dann raste er wie ein studierter Langstreckenläufer in das Dunkel hinein und immer geradeaus. Zunächst begleiteten hohe bröcklige Mauern den gespenstischen Weg. Aber plötzlich hörten die Mauern auf, und der Onkel befand sich in einem Wald.

Doch in diesem Wald standen nicht etwa Bäume, sondern Blumen! Gewaltige Glockenblumen zum Beispiel, hoch wie Tannen. Und wenn der Wind wehte, schlugen die Staubgefäße gegen die Blütenwände, und das klang, als würde geläutet. Und neben den Glockenblumen standen Schwertlilien. Und Kamillen. Und Akelei. Und Rosen in herrlichen Farben. Und alle Blumen in diesem Walde waren groß wie jahrhundertalte Bäume. Und die Sonne ließ die mächtigen Blüten leuchten. Und die Glockenblumen läuteten verzaubert, denn es wehte eine leichte Brise. Und Onkel Ringelhuth rannte zwischen den vergrößerten Blumen hin

und her und rief dauernd: »Konrad, wo bist du?« Fast zehn Minuten rannte er so, ehe er die Ausreißer erwischte. Negro Kaballo, das Rollschuhpferd, stand vor einem gigantischen Veilchen und knabberte an dessen Blättern, die wie schwebende grüne Teppiche aussahen. Und der Neffe saß auf dem Rücken des Gauls, blickte in die Blumenwipfel hinauf und hatte, obwohl er für so etwas eigentlich viel zu erwachsen war, den Daumen in den Mund gesteckt.

»Ich werde verrückt!«, rief der Onkel und trocknete sich mit dem Taschentuch die Stirn. »Ich werde verrückt!«, wiederholte er hartnäckig. »Erstens lauft ihr davon, und zweitens schleppt ihr mich in einen Wald – also, so ein Wald ist mir in meinem ganzen Leben noch nicht begegnet.«

»Sind wir eigentlich schon in der Südsee?«, fragte Konrad.

»Nimm den Finger aus dem Mund, wenn du mit uns sprichst!«, befahl der Onkel.

Konrad erschrak, gehorchte blindlings, betrachtete seinen Daumen, als hätte er ihn noch nie gesehen, und schämte sich in Grund und Boden.

Das Pferd rief: »Sitzen Sie auf!« Der Onkel ging in die Kniebeuge, sprang hoch, schwang sich auf den Pferderücken, klammerte sich an seinem Neffen fest, gab dem Tier einen Klaps mit dem Spazierstock, und fort ging's! Der Rappe war vorzüglicher Laune und deklamierte: »Wer reitet so spät durch Nacht und Wind? Es ist der Vater mit seinem Kind.«

Aber Konrad sagte: »Wir sind doch nur Onkel und Neffe.«

Und Ringelhuth meinte: »Wieso Nacht? Sie übertreiben. Galoppieren Sie lieber!«

»Gemacht!«, rief das Pferd und schaukelte die zwei durch den Blumenwald, dass ihnen Hören und Sehen verging. Konrad hielt sich an der flatternden Mähne fest und der Onkel an Konrad; und der Fleischsalat und der Himbeersaft gerieten sich mächtig in die Haare. Die Rosen schimmerten bunt. Die Glockenblumen läuteten leise. Und Onkel Ringelhuth meinte zu sich selber: »Wenn wir nur schon da wären.«

Und dann stand das Pferd mit einem Ruck still. »Was gibt's denn?«, fragte Konrad, der die Augen während des Galopps geschlossen hatte und sie nun vorsichtig wieder öffnete.

Sie hielten dicht vor einem hohen Bretterzaun. Und an dem Bretterzaun hing ein Schild. Und auf dem Schild war zu lesen:

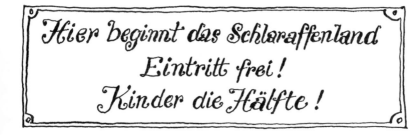

Onkel Ringelhuth rutschte vorsichtig vom Gaul, musterte das Schild und den Zaun und rief schließlich: »Da stimmt doch was nicht.«

»Wieso?«, fragte das Pferd.

»Der Zaun hat keinen Eingang«, sagte der Onkel, und nun sahen die anderen auch, dass sie keine Tür sahen. Konrad stellte sich auf Negro Kaballos Rücken, hielt sich am Zaun fest und wollte sich hochziehen. Aber Ringelhuth packte den Jungen an den Füßen. »Du bist ein maßloses Schaf, mein Sohn«, flüsterte er. »Glaubst du wirklich, dass man kletternd ins Schlaraffenland gelangt? Da drüben leben bekanntlich die faulsten Menschen, die es auf der ganzen Welt gibt. Die werden doch nicht klettern!«

Aber der Junge gab nicht nach. Er klammerte sich an dem Zaun fest und zog den Körper langsam hinauf. »Gleich kann ich hinübersehen«, ächzte er begeistert. Da aber tauchte von drüben unvermittelt eine gewaltige Hand auf und verabreichte Konrad eine solche Ohrfeige, dass er den Zaun losließ, neben dem Pferd ins Gras fiel und sich die Backe hielt.

»Da hast du's«, sagte der Onkel. »Man muss nicht immer klettern wollen, bloß weil man's kann.« Er gab ihnen ein Zeichen, dass sie schweigen sollten, lehnte sich an den Baum und rief: »Wenn sich diese Kerle ein-

bilden sollten, dass wir klettern, dann haben sie sich geschnitten. Lieber bleiben wir draußen.« Dann gähnte er herzzerreißend und sagte verdrießlich: »Das Beste wird sein, wir schlafen 'n paar Runden.«

Kaum hatte er ausgeredet, da ging in dem Zaun eine Tür auf, obwohl vorher gar keine Tür drin gewesen war. Und eine Stimme rief: »Bitte näher zu treten!«

Sie schritten durch die Tür. Und das Erste, was sie sahen, war ein riesiges Bett. Und in dem Bett lag ein dicker Mann und knurrte: »Ich bin der Portier. Was wünschen Sie?«

»Wir wollen nach der Südsee«, erwiderte der Onkel.

»Immer geradeaus«, sagte der Portier, drehte den Besuchern den Rücken und schnarchte, was das Zeug hielt.

»Hoffentlich strengt Sie das Schnarchen nicht zu sehr an«, meinte der Onkel. Aber der Dicke war schon hinüber, oder er war zu faul zum Antworten.

Konrad betrachtete sich die Gegend. Es handelte sich offenbar um einen Obstgarten.

»Sieh nur, Onkel!«, brüllte der Junge. »Hier wachsen Kirschen und Äpfel und Birnen und Pflaumen auf ein und demselben Baum!«

»Es ist bequemer so«, meinte der Onkel.

Aber das Pferd war mit dem Schlaraffenland noch nicht einverstanden. »Solange man das Obst noch pflücken muss«, sagte es, »solange kann man mir hier nicht imponieren.«

Konrad, der einen der Vierfruchtbäume genau betrachtet hatte, winkte den Onkel und das Pferd herbei. Und was sie da feststellten, war wirklich außerordentlich praktisch. Auf dem Baumstamm befand sich ein Automat mit Griffen und Inschriften. »Am linken Griff einmal ziehen: 1 geschälter, zerteilter Apfel«, stand zu lesen. »Am linken Griff zweimal ziehen: 1 gemischtes Kompott.« »Am rechten Griff einmal ziehen: 1 Stück Pflaumenkuchen mit Schlagsahne.«

»Das ist ja enorm«, sagte der Onkel und zog rechts zweimal. Darauf klingelte es, und schon rutschte ein Teller mit Kirschmarmelade aus dem Baum.

Nun fingen alle drei an, die Bäume zu bearbeiten, und ließen sich's schmecken. Den größten Appetit entwickelte das Ross. Es fraß zwei Bäume leer und konnte kein Ende finden. Onkel Ringelhuth trieb zum Aufbruch. Doch das Pferd sagte: »Gehen Sie nur voraus, ich komme nach.«

Und so marschierten Konrad und der Onkel immer gradeaus ins Schlaraffenland hinein. Manchmal liefen Hühner gackernd über den Weg. Sie zogen kleine blanke Bratpfannen hinter sich her. Und wenn sie Leute kommen sahen, blieben sie stehen und legten geschwind Spiegelei mit Schinken, oder Omeletten mit Spargelspitzen. Konrad winkte ab. Denn er war satt. Da verschwanden die Hühner, ihre Pfannen hinter sich herziehend, im Gebüsch.

»Menschen scheint es hier überhaupt nicht zu geben«, sagte der Junge.

»Sicher gibt es welche«, meinte Ringelhuth. »Sonst hätten ja die Automatenbäume nicht den geringsten Sinn.«

Der Onkel hatte Recht. Nach einer Wegbiegung trafen sie auf Häuser. Die Häuser standen auf Rädern und hatten Pferde vorgespannt. Dadurch war es den Bewohnern möglich, im Bett zu bleiben und trotzdem überallhin zu gelangen. Außerdem waren an den Schlafzimmerfenstern Lautsprecher befestigt. Und wenn sich zwei Schlaraffen unterhalten wollten, ließen sie ihre Häuser mit Hilfe der Gespanne nebeneinander bugsieren und verständigten sich per Lautsprecher. Ohne dass sie einander zu Gesicht bekamen!

Konrad deutete auf zwei solche Häuser. Onkel und Neffe schlichen auf Zehenspitzen näher und hörten eine verschlafene Stimme aus dem einen der Lautsprecher reden.

»Lieber Präsident«, sagte der eine Lautsprecher, »was haben wir eigentlich heute für Wetter?«

»Keine Ahnung«, antwortete der andere Lautsprecher. »Ich bin seit zehn Tagen nicht aus dem Bett gekommen.«

»Na«, brummte der eine, »zum Fenster könnten Sie

doch wenigstens mal hinausschauen, wenn Sie uns regieren!«

»Warum schauen denn Sie nicht hinaus, lieber Hannemann?«

»Ich liege seit vorgestern mit dem Gesicht zur Wand und bin zu faul, mich umzudrehen.«

»Genauso geht es mir, lieber Hannemann!«

»Tja, Herr Präsident, dann werden wir wohl auf den Wetterbericht verzichten müssen.«

»Das scheint mir auch so, Hannemännchen. Wiedersehn. Schlafen Sie gut!«

»Gleichfalls, Herr Präsident. Winkewinke!« Die beiden Lautsprecher gähnten. Und dann rollten die Häuser wieder voneinander fort.

»Diesen Präsidenten wollen wir uns mal beschnuppern«, schlug Ringelhuth vor.

Und sie folgten dem langsam dahinrollenden Präsidentenpalais. Als es in einem Park von Automatenbäumen gelandet war und stillstand, blickten sie neugierig durchs Kammerfenster.

»So ein fetter Kerl«, flüsterte der Onkel.

»Meine Herren!«, rief Konrad. »Das ist doch der dicke Seidelbast!«

»Woher kennst du denn den Präsidenten des Schlaraffenlandes?«

»Der dicke Seidelbast ist doch in unsrer Schule elfmal sitzen geblieben, weil er so faul war!«, berichtete der Junge. »In der dritten Klasse hat er dann geheiratet und ist aus der Stadt fortgezogen. Es hieß, er wolle Landwirt werden. Dass er Präsident im Schlaraffenland geworden ist, davon hatten wir keine Ahnung.« Dann klopfte Konrad ans Fenster und rief: »Seidelbast!«

Der Präsident, dick wie ein Fesselballon, wälzte sich ärgerlich im Bett herum und knurrte unwillig: »Was 'n los?«

»Kennst du mich nicht mehr?«, fragte der Junge.

Seidelbast öffnete die kleinen Augen, die in dem dicken Gesicht kaum noch zu erkennen waren, lächelte mühsam und fragte:»Was machst du denn hier, Konrad?«

Onkel Ringelhuth lüftete den Hut und sagte, er sei der Onkel und sie befänden sich nur auf der Durchreise hier und wollten nach der Südsee.

»Ich bring euch bis an die Grenze«, meinte Präsident Seidelbast.»Ich will nur erst einen Happen essen. Moment, Herrschaften!« Er griff in den Nachttisch und holte eine Tablettenschachtel heraus.»Zunächst paar pikante Vorspeisen«, seufzte er, nahm eine weiße Pille in den Mund und drückte auf einen Knopf. Daraufhin erschien an der gegenüberliegenden Zimmerwand ein farbiges Lichtbild, das Ölsardinen und russische Eier und Ochsenmaulsalat zeigte.

»Nun einen hübschen knusprigen Gänsebraten«, sagte der Präsident, nahm eine rosa Pille und drückte wieder auf einen Knopf. Jetzt erschien auf der weißen Wand ein pompöser Gänsebraten mit Bratäpfeln und Gurkensalat.»Und zum Schluss Eis mit Früchten«, sagte Seidelbast, nahm eine gelbe Pille und drückte ein drittes Mal auf einen der Knöpfe. Auf der Zimmerwand erschien ein herrlicher Eisbecher mit halben Pfirsichen.

Konrad lief das Wasser im Mund zusammen.

»Warum essen Sie denn Pillen?«, fragte der Onkel. Als Apotheker interessierte ihn das natürlich ganz besonders.

»Das Essen strengt sonst zu sehr an«, behauptete der Präsident. »In Tablettenform, durch Lichtbilder unterstützt, schmeckt es ebenso gut und macht viel weniger Mühe.«

Während die zwei Fremdlinge mit Staunen beschäftigt waren, rollte sich Seidelbast aus dem Bett. Er trug eine Badehose; die anderen Kleidungsstücke waren ihm auf die Haut gemalt: der Kragen, der Schlips, das Jackett, die Hosen, das Hemd, die Strümpfe und die Schuhe. »Fein, was?«, fragte er. »Meine Erfindung! Indanthren! Das ewige An- und Ausziehen kostet unnötige Zeit und Arbeit.« Er ächzte und stöhnte und watschelte aus dem Zimmer. Es dauerte hübsch lange, bis er aus dem Haus gekugelt kam. Er begrüßte seinen ehemaligen Schulkameraden verhältnismäßig herzlich, und auch dem Onkel Ringelhuth gab er die Hand.

»Ehe ihr nach der Südsee eilt, müsst ihr unbedingt unsre Versuchsstation sehen«, sagte er. Und dann gingen sie langsam über eine blaugraue Wiese. Aber plötzlich begann es zu regnen.

»Ich hätte den Spazierstock zu Hause lassen sollen«, meinte Ringelhuth. »Der Schirm wäre angebrachter gewesen.«

»Zerbrechen Sie sich deswegen nicht den Kopf!«, erwiderte der Präsident Seidelbast. »Passen Sie mal auf, welche Annehmlichkeiten unser Land zu bieten hat!« Er sollte Recht behalten. Kaum waren die ersten Tropfen gefallen, so wuchsen Dutzende von Regenschirmen auf der Wiese hoch. Man konnte, falls man das wollte, unter so einem Schirm stehen bleiben. Man konnte ihn aber auch aus dem Boden ziehen und unter seinem Schutze weitergehen.

Die drei pflückten sich je einen Schirm und wanderten weiter.

»Wenn der Regen aufhört, verwelken die Schirme wieder«, tröstete Seidelbast. Und das imponierte den Besuchern außerordentlich.

Der Regen hörte wieder auf, und richtig, die Schirme fielen zusammen wie welkende Blüten. Der Präsident warf seinen verwelkten Schirm in den Straßengraben, und die Gäste folgten seinem Beispiel. »Die Versuchs-station, die ich eingerichtet habe«, berichtete Seidelbast,»hat den Zweck, Einwohner von regem Temperament und lebhafter Phantasie angemessen zu beschäftigen, ohne dass sie sich anstrengen.«

»Erzählen Sie mehr davon«, bat der Onkel.

»Einem normalen Schlaraffen genügen die vierundzwanzig Stunden des Tags gerade zum Essen und zum Schlafen«, sagte Seidelbast. »Sie dürfen nicht vergessen, dass Einwohner, die weniger als zweiundeinhalb Zentner wiegen, des Landes verwiesen werden. Nun gibt es aber auch unter denen, die das Nationalgewicht mühelos aufbringen, ausgesprochen lebhafte Naturen. Was soll man tun? Langeweile zehrt. Die Zahl der Ausgewiesenen könnte wachsen. Die Bevölkerungsdichte könnte sinken. Es galt, einen Ausweg zu suchen. Ich schmeichle mir, ihn gefunden zu haben. Hier ist die Station! Passen Sie gut auf!«

Sie befanden sich auf einer Art Liegewiese. Ringsum standen Betten, und in den Betten lagen viele dicke Herrschaften und blinzelten vor sich hin.

»Was man sich hier denkt, entsteht in Wirklichkeit!«, sagte Seidelbast verheißungsvoll. »Das ist, wie Sie einsehen werden, ein hervorragender Zeitvertreib. Wenn man endlich von dem Gebilde seiner Phantasie genug hat, ruft man bloß: ›Zurück, marschmarsch!‹, und fort ist der Zauber.«

»Das glaub ich dir nicht«, erklärte Konrad. »Seidelbast, du verkohlst uns.«

»Donnerschlag!«, rief da der Onkel. »Seht ihr das
Kalb mit zwei Köpfen?«

Tatsächlich! Vor einem der Betten stand ein zwei-
köpfiges gescheckts Kalb und glotzte aus vier Augen
auf den dicken Mann, der es sich gewünscht hatte, und
nun, als er das seltsame Tier erblickte, albern in die Kis-
sen kicherte. Schließlich winkte er ab und rief prustend:
»Zurück, marschmarsch!«, und das Kalb war verschwunden.

Die drei spazierten weiter und kamen zu einer dicken
Dame. Die lag auch im Bett und hatte vor lauter Nach-
denken tausend Falten auf der Stirn. Plötzlich stand ein
alter Mann mit einer Botanisiertrommel vor ihr.

»Zurück, marschmarsch!«, brummte sie, und da war
er weg. Und dann zog sie noch mehr Falten, und wieder
stand ein alter Mann mit einer Botanisiertrommel vor
ihrem Bett. Er ähnelte dem ersten. Er hatte nur noch
weniger Zähne, dafür aber lange weiße Locken.

»Zurück, marschmarsch!«, kommandierte die Frau,
und da verschwand auch er. Und dann stand ein dritter

alter Mann vor ihr, der ähnelte den andern beiden. Aber er hatte eine größere Nase und eine Glatze. »Zurück, marschmarsch!«, schrie die Frau wütend und schloss erschöpft die Augen.

»Was machen Sie denn da, Frau Brückner?«, fragte Seidelbast.

»Ach, Herr Präsident«, antwortete die Frau, »ich stelle mir meinen Großvater vor. Aber ich krieg ihn nicht mehr zusammen. Ich habe vergessen, wie er aussah.«

»Ärgern Sie sich nicht!«, warnte Seidelbast. »Sie wiegen seit der vorigen Woche nur noch zweihundertfünfundfünfzig Pfund. Es täte mir leid, Sie aus dem Schlaraffenland ausweisen lassen zu müssen.«

»Seit acht Tagen probier ich das nun«, sagte Frau Brückner weinend, »und immer wieder misslingt mir der olle Mann. Gute Nacht, Seidelbästchen!« Und schon schlief sie. So sehr hatte sie ihr Gehirn strapaziert.

»Dort!«, schrie Konrad. »Dort! Seht nur! Ein Löwe!«

Vor einem der Betten stand ein gewaltiger blonder Löwe, riss das Maul sperrangelweit auf und zeigte sein Gebiss.

»Natürlich der dicke Borgmeier«, schimpfte Seidel-

bast. »Dauernd stellt er sich wilde Tiere vor. Das ist
eine fixe Idee von ihm. Wenn das nur nicht mal schief
geht!«

Der blonde Löwe schlich näher an das Bett, machte
einen Buckel und fauchte grässlich. Der dicke Borgmeier wurde blass. »Zurück!«, rief er. »Marsch zurück,
du Mistvieh!« Doch der Löwe kroch näher. Er knabberte schon am Federbett. »Mach, dass du weg-
kommst!«, brüllte Borgmeier.

»Er hat vor lauter Angst vergessen, dass es ›Zurück,
marschmarsch‹ heißt«, sagte Seidelbast. »Wenn es ihm

nicht noch rechtzeitig einfällt, wird er leider gefressen werden.«

»Da werd ich mal hinrennen und es dem Löwen ins Ohr schreien«, meinte Konrad und wollte zu Borgmeier hinüber.

Aber Onkel Ringelhuth hielt ihn fest und sagte: »Willst du gleich hier bleiben? Deine Eltern drehten mir den Hals um, wenn ich erzählte, dass du von einem gedachten Löwen gefressen worden wärst.«

Und auch Seidelbast riet zum Dableiben. »Es hätte keinen Zweck«, erklärte er. »Borgmeier muss selber rufen.«

Inzwischen war der Löwe aufs Bett gesprungen, trat mit den Vordertatzen Herrn Borgmeier auf den Bauch und betrachtete den Dicken gerührt. So ein fettes Frühstück war ihm lange nicht beschert gewesen. Er riss das Maul auf ...

»Zurück, marschmarsch!«, schrie da Borgmeier, und der Löwe war weg.

»Sie sind wohl nicht ganz bei Troste?«, fragte Seidelbast den schlotternden Mann. »Wenn es nicht so anstrengend wäre, würde ich mich über Sie ärgern.«

»Ich will's bestimmt nicht wieder tun«, jammerte Borgmeier.

»Ich entziehe Ihnen für vierzehn Tage die Erlaubnis,

die Versuchsstation zu betreten«, sprach der Präsident streng und ging mit den Besuchern weiter.

Plötzlich wurde Onkel Ringelhuth immer kleiner und kleiner.

»Ich werde verrückt!«, rief er. »Was soll denn das bedeuten?«

Konrad lachte und rieb sich die Hände. Seidelbast lachte auch und sagte zu ihm: »Du bist eine tolle Rübe.«

Und der Onkel schrumpfte immer mehr zusammen. Jetzt war er nur noch so groß wie Konrad. Dann nur noch so hoch wie ein Spazierstock. Und schließlich war er nicht größer als ein Bleistift.

Konrad bückte sich, nahm den winzigen Onkel in die Hand und sagte: »Ich hab mir nämlich ausgemalt, du wärst so klein wie auf der Photographie, die wir zu Hause haben.«

»Mach keine Witze«, sagte der Miniaturonkel. »Rufe sofort: Zurück, marschmarsch!« Er hob das Händchen, als wolle er dem Neffen eine Ohrfeige geben. Dabei war er nicht größer als Konrads Handfläche, auf der er stand. »Ich befehle es dir!«, rief er.

Seidelbast lachte Tränen. Der Junge sagte aber zu seinem Onkel: »Du hässlicher Zwerg!«, und steckte ihn in die Brusttasche. Dort guckte Ringelhuth nun heraus,

fuchtelte mit den Ärmchen und schrie so lange, bis er heiser war. Dann kam das Pferd angetrabt, und Konrad stellte es dem Präsidenten vor.

»Sehr angenehm«, sagten beide. Das Pferd lobte das Schlaraffenland über den grünen Klee. Es sei der ideale Aufenthalt für erwerbslose Zirkusgäule. Und dann fragte es: »Wo ist denn eigentlich unser Apotheker?«

Konrad wies stumm auf seine Brusttasche, und dem Pferd fiel vor Staunen fast der Strohhut vom Kopf. Nun teilte der Junge mit, wodurch der Onkel so klein geworden sei und was sie mit dem Löwen und Frau Brückners Großvater erlebt hätten. »Oh«, sagte das Pferd, »das Rezept versuch ich auch mal. Ich möchte auf der Stelle meine vier Kugellagerrollschuhe hier haben!« Und bums, hatte es vier Rollschuhe an den Hufen, fix und fertig angeschnallt, weil es sich das so vorgestellt hatte.

Es freute sich sehr und fuhr gleich zwei meisterhafte Rückwärtsbogen, dann eine große Acht und zum Schluss auf der rechten Hinterhand eine Pirouette. Der Anblick war ein Genuss für Kenner und Laien. Seidelbast sagte, wenn er nicht so unbändig faul wäre, würde er klatschen. Das Pferd knickste und dankte für die seiner Leistung gezollte Anerkennung.

»Mein lieber guter Neffe«, sagte Onkel Ringelhuth, »lass mich bitte wieder aus deiner Brusttasche heraus.«

»Mein lieber guter Onkel«, erwiderte Konrad, »ich denke ja gar nicht dran.«

»Nein?«

»Nein!«

»Also, wie du willst«, sagte der Onkel, »dafür sollst du zur Strafe ganz geschwind einen einzigartigen Was-

54

serkopf kriegen. Und grüne Haare. Und statt der Finger zehn Frankfurter Würstchen.«

Und so geschah's. Konrad bekam einen scheußlichen Wasserkopf mit giftgrünen Haaren obendrauf. Und an den Händen baumelten ihm zehn Frankfurter Würstchen. Das Pferd lachte und sagte: »Die reinste Schießbudenfigur!« Und Seidelbast hielt dem Jungen einen Spiegel vor, damit er sehen konnte, wie schön er geworden war. Da musste Konrad weinen. Und Onkel Ringelhuth musste über die zehn Frankfurter Würstchen so lachen, dass Konrads Brusttasche einen großen Riss erhielt.

Und Seidelbast meinte, sie hätten sich eher was Hübsches vorstellen und dem andern was Gutes wünschen sollen. »Aber so sind die Menschen«, knurrte er weise. »Nun entzaubert euch gefälligst!«

Der Onkel rief also: »Zurück, marschmarsch.« Und so nahm der Neffe sein früheres Aussehen wieder an. Nun holte Konrad den Onkel aus der Brusttasche raus, setzte ihn ins Gras, rief ebenfalls: »Zurück, marschmarsch!«, und im Handumdrehen war Onkel Ringelhuth so groß wie früher.

»Photographieren hätte man euch sollen«, sagte Seidelbast, »ihr saht reichlich belämmert aus.«

»Jetzt aber fort!«, meinte das Pferd und scharrte ungeduldig mit den Rollschuhen. Sie verließen also die Liegewiese, und Seidelbast brachte sie bis zur Landesgrenze.

»Haben Sie noch viel Platz im Schlaraffenland?«, fragte Ringelhuth zum Abschied.

»Warum?«, fragte der Präsident.

»Wir haben viele Leute bei uns, die nichts zu tun und nichts zu essen haben«, antwortete der Onkel.

»Verschonen Sie uns mit denen«, rief Seidelbast.

»Die Kerle wollen ja arbeiten! So was können wir hier nicht brauchen.«

»Schade«, sagte das Pferd. Und dann reichten sie einander die Hände.

Der Onkel und Konrad setzten sich auf ihren Rollschuhgaul und fuhren unter Hallo über die Grenze.

Seidelbast winkte mit dem kleinen Finger, um sich nicht zu ermüden, und rief: »Immer geradeaus!«

HANNIBAL BENIEST ES

Kurz danach langten sie vor einer riesigen mittelalterlichen Burg an. Zwischen ihnen und der Burg befand sich ein mindestens zehn Meter breiter, mit Wasser gefüllter Graben. Die Festung selbst bestand aus unzähligen bewimpelten Türmen und Zinnen, Wällen und Erkern, und am Burgtor war eine Zugbrücke hochgekettet.

»So 'n Ding hatte ich als Junge zum Spielen«, sagte

Onkel Ringelhuth. »Bloß, dass meine Burg nicht so groß war. Dafür hatte sie aber rotes Glanzpapier vor den Fenstern. So, und wie kommen wir nun dort hinüber?«

»Wir müssen klingeln«, meinte Konrad.

Da lachte das Pferd überlegen und behauptete, Burgen mit Klingeln gebe es nicht. Und so war es denn auch. Aber nach einigem Suchen fanden sie am Burggraben ein kleines Schild. Und auf dem Schild stand:

Die Burg
„Zur grossen Vergangenheit"
Einlass erfolgt
nach drei Trompetenstössen
gez. Der Burgintendant

»Wo sollen wir vor lauter Angst drei Trompetenstöße hernehmen?«, fragte der Onkel verärgert. »Dass einem die Leute beim Grenzübertritt immer solche Schwierigkeiten machen!«

»Soll ich dreimal auf dem Kamm blasen?«, erkundigte sich Konrad eifrig und brachte seinen Kamm aus der Tasche.

»Untersteh dich!«, rief Ringelhuth, rundete die Hände vorm Mund, holte tief Atem und machte »Täterätätä! Täterätätä! Täterätätä!«. Dafür, dass er ein Apotheker ohne Trompete war, trompetete er gar nicht übel.

Nun rasselte die Zugbrücke herunter, legte sich über den Graben, und das Pferd rollte mit seinen beiden Reitern geschwind durchs Burgtor in den Hof. Dort stand ein alter Ritter in einer goldenen Rüstung, stützte sich auf ein verrostetes Schwert und fragte quer durch seinen weißen Bart hindurch: »Von wannen, o Fremdlinge, kommt ihr des Wegs?«

Ringelhuth salutierte mit seinem Spazierstock und sagte, sie kämen aus dem Schlaraffenland.

»Und wohin«, fragte der Ritter, »wohin führt euch eure Straße?«

»Nach der Südsee«, erklärte Konrad.

»Die Durchreise sei euch verstattet«, sagte der vergoldete Großvater. »Zuvor jedoch vermeldet mir eure Namen.«

Onkel Ringelhuth stellte sich und seine Begleiter vor.

»Ich hinwiederum«, behauptete der Torwächter,
»bin der aus den Geschichtsbüchern bekannte Kaiser
Karl der Große.«

»Meine Verehrung«, sagte der Onkel. »Nun reden
Sie mal bisschen weniger geschwollen, lieber Karl der
Große, und verraten Sie uns, in welcher Richtung wir
reiten müssen.«

Karl der Große strich sich den Bart und brummte:

»Immer geradeaus. Doch das Glück ist euch hold. Auf dem zweiten Blachfeld links finden heute die Olympischen Spiele statt.«

»Darauf haben wir grade gewartet«, sprach das Pferd, zog flüchtig den Strohhut und rollte von dannen. Karl der Große stieg klirrend und gekränkt auf seinen Söller zurück.

Konrad bat den Onkel, das Pferd am Sportplatz halten zu lassen. Schon hörten sie schmetternde Fanfaren. Und dann sahen sie das Stadion. Auf den Tribünen saßen knorrige Ritter und Ritterfräuleins mit Operngläsern und Kavaliere mit großen Allongeperücken und Damen mit bestickten Reifröcken.

»Also schön«, meinte Ringelhuth. »Brrr, mein Pferdchen!« Negro Kaballo hielt an. Onkel und Neffe kletterten herunter. Dann lösten sie bei Kaiser Barbarossa, der an einem steinernen Tisch die Kasse innehatte, drei Karten, 1. Tribüne, 1. Reihe, Schattenseite. Barbarossa drückte ihnen, außer den Billetts, ein Programm in die Hand.

Konrad stieß den Onkel heimlich an und machte ihn auf Barbarossas Vollbart aufmerksam, der durch den steinernen Tisch gewachsen war.

»Eine ausgesprochen bärtige Gegend«, sagte Ringelhuth. »Aber seht nur, dort findet das Kugelstoßen statt!« Er blickte in das Programm und las vor: »Ausscheidungskämpfe im Kugelstoßen. Teilnehmer: Karl XII. von Schweden, Götz von Berlichingen, Peter der Große, August der Starke.«

Erst warf Götz von Berlichingen. Er warf übrigens mit der linken Hand, wegen seiner eisernen Rechten. Dann kam August der Starke an die Reihe und erreichte 18,17 Meter. Konrad sagte, das sei ein neuer Weltrekord. Karl XII. von Schweden zog zurück, weil er sich für die Konkurrenz im Speerwerfen schonen wollte.

Da erhielt Onkel Ringelhuth einen Stoß ins Kreuz und hätte ums Haar den Zaren Peter über den Haufen gerannt. Der Onkel drehte sich wütend um. Vor ihm stand ein junger Mann mit einem Filmaufnahmeapparat. »'tschuldigung«, sagte der junge Mann, »ich bin Vertreter der Universal. Muss 'n paar Tonwochenbilder runterdrehen. Hat's wehgetan?«

August der Starke nahm den Filmfritzen beiseite und wisperte mit ihm. Dann packte er die Kugel und warf sie, während der junge Mann kurbelte, hoch im Bogen in den Sand. Etwas später stellte er sich vor dem Apparat in Heldenpositur, lächelte königlich vor sich hin und fragte, ob er ein paar passende Worte sprechen solle.

»Wie Sie wollen«, erwiderte der junge Mann. »Ich drehe aber stumm.«

Ringelhuth und Konrad suchten lachend das Weite. Das Pferd rollte grinsend hinterdrein. Sie betraten die Tribüne und konnten ihre Plätze nicht finden. Bis sich herausstellte, dass zwei der Sitze schon besetzt waren.

»Wollen Sie mir Ihre Billetts zeigen!«, sagte der Onkel.

Da blickten die beiden Männer auf. Es waren Julius Cäsar und Napoleon der Erste. Napoleon musterte den Apotheker unwirsch und legte das gelbe Gesicht in majestätische Falten. Als das keinen Eindruck zu machen schien, rückte er beiseite, und auch Cäsar machte Platz. »Wenn ich jetzt meine Alte Garde hier hätte, würde ich nicht wanken und nicht weichen«, bemerkte Napoleon hoheitsvoll.

Onkel Ringelhuth setzte sich neben Napoleon und meinte: »Wenn Sie noch ein paar derartig vorwitzige Sachen sagen, nehme ich Ihnen Ihren Dreispitz vom Kopf und werf ihn meinem Lieblingspferd zum Fraße vor, verstanden?«

»Sie sollten sich überhaupt mal wieder einen neuen Zylinder kaufen, Herr Napoleon«, gab Negro Kaballo zu bedenken.

Julius Cäsar hüllte sich eng in seine Toga und sagte zu dem französischen Kaiser: »Ich will nicht hetzen, aber ich an Ihrer Stelle ließe mir das nicht bieten.«

»Ohne Armee können Sie da gar nichts machen, Kollege«, erwiderte Napoleon verdrießlich. »Sehen Sie nur, Theodor Körner ist schwach auf der Rückhand.« Vor der Tribüne wurde nämlich Tennis gespielt. Turnvater Jahn saß auf einem hohen Stuhl und schiedsrichterte das Herrendoppel. Ajax I und Ajax II kämpften gegen Theodor Körner und den Fürsten Hardenberg. Der Ball sauste hin und her. Die zwei Griechen waren, weil sie Brüder waren, vorzüglich aufeinander eingespielt. Das deutsche Paar ließ zu wünschen übrig.

»Welch alberne Beschäftigung, so einen kleinen, leichten Ball hinüber- und herüberzuschlagen«, sagte Julius Cäsar. »Wenn es wenigstens eine Kanonenkugel gewesen wäre!« Plötzlich schrie er gellend auf. Theodor Körner, der bekanntlich schwach auf der Rückhand war, hatte den Ball ins Aus geschlagen und ihn, natürlich ohne jede niedrige Absicht, Julius Cäsar mitten ins Gesicht gefeuert. Nun saß der römische Diktator da, hielt sich die Römernase und hatte Tränen in den Augen.

»Wenn es wenigstens eine Kanonenkugel gewesen wäre!«, sagte Ringelhuth anzüglich, und Konrad fiel vor Lachen vom Stuhl.

»Ihr seid mir schöne Helden«, knurrte der Onkel, blickte Napoleon und Cäsar von oben bis unten an, und dann verließ er die Tribüne. Konrad und das Rollschuhpferd folgten ihm.

Bevor sie das Stadion verließen, hörten sie noch den Lärm der Menge, welche die Aschenbahn umsäumte, auf der gerade Alexander der Große und Achilles den

Endspurt um die 100 Meter ausfochten. Alexander gewann, obwohl er beim Start schlecht abgekommen war, das Rennen und brauchte 10,1 Sekunden.

»Das ist schon wieder ein neuer Weltrekord«, rief Konrad.

Negro Kaballo bemerkte, er sei zwar nur ein Pferd, doch er brauche bloß fünf Sekunden.

»Sie haben aber vier Beine«, entgegnete Konrad.
»Lasst doch den Quatsch«, sagte Ringelhuth aufgebracht. »Die Elektrizität hat überhaupt keine Beine und läuft noch viel rascher als ein Pferd. Im Übrigen, wenn jemand läuft, um gesund zu bleiben, kann ich das verstehen. Wenn er aber wie angestochen durch die Gegend rast, um eine Zehntelsekunde weniger zu brauchen als wer anders, so ist das kompletter Blödsinn. Denn davon bleibt er nicht gesund, sondern davon wird er krank.«

Sie gingen die Straßen entlang, an kleinen burgähnlichen Villen vorbei, und grüßten die Könige, Ritter und Generäle, die, in Hemdärmeln, zu den Fenstern herausschauten und Pfeife rauchten oder in den hübschen gepflegten Vorgärten standen, goldene Gießkannen hielten und ihre Blumenbeete begossen.

Aus einem der Gärten hörten sie Streit, konnten aber niemanden entdecken. Deshalb traten sie näher und guckten über den Zaun. Da lagen zwei ernste, mit Rüstungen versehene Herren im Gras und spielten mit Zinnsoldaten.

»Das könnte Ihnen passen, mein lieber Hannibal!«, rief der eine. »Nein, nein! Der Rosenstrauch ist, wie Sie endlich anerkennen sollten, von meinen Landsknechten einwandfrei erstürmt worden.«

»Lieber Herr Wallenstein«, sagte der andere, vor Ärger blass, »ich denke ja gar nicht dran! Ich werde ganz einfach mit meiner Reiterei Ihren linken Flügel umgehen und Ihnen in den Rücken fallen!«

»Versuchen Sie's nur!« Wallenstein, Herzog von Friedland, lächelte höhnisch. »Die Attacke wird Ihrer Kavallerie nicht gut bekommen. Ich ziehe die Reserven, die dort neben dem Resedabeet stehen, nach links und beschieße sie aus der Flanke!«

Nun hoben und schoben sie ihre bunt bemalten Zinnsoldaten hin und her. Der Kampf um den Rosenstrauch war in vollem Gange. Hannibal führte seine Reiterei in den Rücken der Kaiserlichen und bedrängte sie arg. Aber Wallenstein bombardierte die Reiterregimenter aus einer niedlichen Kanone mit Erbsen, und da fielen die Reiter scharenweise um.

Hannibal war wütend. Er holte aus einer Schachtel, die neben ihm stand, neue Reserven hervor und verstärkte die durch Verluste gefährdete Vorhut.

Doch Wallenstein knallte eine Erbse nach der anderen gegen die afrikanischen Truppen. Hannibals Soldaten starben en gros, sogar die gefürchteten Elefantenreiter sanken ins Gras, und die Schlacht um den Rosenstrauch war so gut wie entschieden.

»He, Sie!«, brüllte Konrad über den Zaun. »Verlegen Sie doch gefälligst Ihre Front nach rückwärts! Greifen Sie später wieder an! Durchstoßen Sie dann die feindliche Mitte, denn die ist besonders schwach!«

Hannibal und Wallenstein unterbrachen den Kampf vorübergehend und blickten zu den Zaungästen hinüber. Der karthagische Feldherr schüttelte das kühne Haupt und sprach gemessen: »Ich gehe nicht zurück. Ich weiche nicht. Und wenn es mich die letzten Soldaten kosten sollte!«

»Na, hören Sie mal!«, entgegnete Konrad. »Dafür ist Ihre Armee doch zu schade!«

Jetzt mischte sich Wallenstein ein. »Du bist ein dummer Junge«, erklärte er. »Es kommt nicht darauf an, wie viel Soldaten fallen, sondern darauf, dass man Reserven hat.«

»Ihr seid mir ja zwei Herzchen!«, sagte Ringelhuth zu den Feldherren. »Euch und euresgleichen sollte man überhaupt nur mit Zinnsoldaten Krieg führen lassen!«

»Scheren Sie sich zum Kuckuck!«, rief Hannibal aufgebracht. »Wer keinen Ehrgeiz hat, kann hier gar nicht mitreden! Was sind Sie denn von Beruf?«

»Apotheker«, sagte der Onkel.

»Da haben wir's«, meinte Hannibal und lachte geringschätzig. »Natürlich ein Sanitäter!« Dann wandte

er sich wieder Wallenstein zu. »Herzog«, erklärte er, »die Schlacht geht weiter!«

Und sie fuhren fort, den Rosenstrauch heiß zu umkämpfen. »Bis aufs Messer!«, knirschte Hannibal.

»Ergeben Sie sich!«, rief Wallenstein. Er hatte mittlerweile die feindlichen Truppen umzingelt und kartätschte sie mit Hilfe von Erbsen in Grund und Boden.

»Erst wenn mein letzter Soldat tot im Gras liegt, früher nicht!«, schwor Hannibal. Aber da musste er niesen. Er blickte besorgt hoch und meinte: »Na schön, hören wir auf. Das Gras ist noch zu feucht. Ich möchte mich nicht erkälten. Wann geben Sie mir Gelegenheit zum Revanchekrieg?«

»Sobald Ihr Schnupfen vorüber ist, lieber Freund«, sagte Wallenstein. »Mit Erkältungen ist nicht zu spaßen.«

Die Feldherren erhoben sich aus dem Gras, vertraten sich ächzend die steifen Beine, ließen ihre erschossenen Truppen am Rosenstrauch liegen und stelzten der Villa zu. »Ein Jahr vor meiner Ermordung in Eger«, berichtete Wallenstein, »hatte ich einen abscheulichen Schnupfen. Lieber will ich drei Schlachten verlieren als noch einmal so niesen wie damals!« Damit verschwanden sie im Haus.

»Nehmen Sie eine Aspirintablette!«, rief der Onkel. »Und trinken Sie eine Tasse Lindenblütentee! Dann können Sie schon morgen wieder in den Krieg ziehen!« Aber Hannibal hörte es nicht mehr.

»Na, hauen wir ab«, sagte das Pferd. »Ich habe die Nüstern voll von diesen Helden.«

Der Onkel und Konrad kletterten wieder auf ihr Ross und rollten der Grenze entgegen. »Ein wahrer Jammer«, meinte Ringelhuth. »Denken Sie nur, Negro Kaballo, mein Neffe spielt zu Haus auch mit Zinnsoldaten!«

»Wieso?«, fragte das Pferd. »Willst du später mal General werden?«

»Nein«, erwiderte der Junge.

»Oder einer von den Zinnsoldaten, die sich morgen unter dem Rosenstrauch totschießen lassen?«

»Ich denke ja gar nicht dran«, erklärte Konrad energisch. »Ich werde Schofför.«

»Und warum spielst du trotzdem mit Soldaten?«, fragte das Pferd.

Konrad schwieg. Onkel Ringelhuth aber sagte: »Warum? Weil ihm sein Vater welche geschenkt hat.«

Da waren sie aber an der Grenze. Eine Zugbrücke rasselte herunter. Sie sausten drüber hin und hatten die Große Vergangenheit im Rücken.

Die Verkehrte Welt
ist noch nicht
die verkehrteste

Hinter der Burg, die sie verlassen hatten, lag ein
Spielzeugwald. Der war, nach den kriegerischen Erleb-
nissen mit Hannibal und Wallenstein, geradezu eine
Erholung. Auf einer von der Sonne beschienenen Lich-
tung weidete ein Rudel Schaukelpferde. Und in einem

77

blauen Bach schwammen niedliche Segelboote vor sich
hin. Die Bäume hingen voller Luftballons. Das Ge-
strüpp am Bach war aus Stielbonbons. Auf einem Ast
saßen zwei Papageien, blätterten in einem Bilderbuch
und lachten plötzlich derartig, dass ihnen das Bilderbuch vom Baum fiel.

Konrad wollte vom Pferd, um das Buch aufzuheben.
Aber Onkel Ringelhuth hielt ihn fest und gab ihm einen
Klaps. »Hier geblieben!«, befahl er. »Wir müssen nach
der Südsee!« Und so galoppierten sie unaufhaltsam
weiter. Das Pferd behauptete, seine Kugellager seien
heißgelaufen. Das war aber übertrieben.

Den Straßengraben entlang ratterten Kindereisen-
bahnen. Manchmal schnappte eine Weiche. Dann pfif-
fen die Lokomotiven, und die Züge fuhren in den Wald
hinein, über dem die Luftballons wogten. Vor einem
Haus aus Stanniolpapier saßen fünf schottische Terrier,
schwiegen und rauchten dicke Schokoladenzigarren.

»Lass mich runter!«, schrie Konrad. »Ich muss die Hunde streicheln!«

Aber Ringelhuth sagte: »Nimm mal den Stock!« Und als der Junge das tat, hielt der Onkel ihm mit beiden Händen die Augen zu, damit er nichts mehr sehen konnte. »Los, Kaballo!«, rief Ringelhuth, und nun fegten sie wie die wilde Jagd über die Spielzeugheide.

»So«, sagte der Onkel endlich, »nun darfst du wieder gucken.« Das Pferd lief Trab. Konrad sah sich um. Die Spielzeugheide war zu Ende. Die Luftballonwipfel leuchteten von ferne. Große bunte Papierdrachen flogen drüber hin.

»Schade«, murmelte Konrad.

Da bremste das Pferd, stand still und sagte: »Alles aussteigen!«

Ringelhuth und Konrad kletterten herunter und betrachteten sich die Gegend. Sie hielten vor einem umfangreichen Gebäude, das mit Märchenfiguren bemalt war. Und aus den Fenstern schauten viele Kinder und winkten.

»Offenbar ein Ferienheim«, meinte der Onkel.

»Von wegen!«, sagte Konrad. »Da steht doch was ganz andres dran!«, und er las laut vor, was über dem Portal stand:

Die verkehrte Welt
Zutritt
nur Kindern gestattet

»Ha!«, rief Konrad. »Da seht ihr's wieder mal, wie gut es ist, dass ihr mich mithabt!« Er warf sich in die Brust, dass es knackte, wandelte stolz vor den beiden her und trat als Erster ins Haus. Sie kamen in eine Art Büro. Hinter der Barriere stand ein netter Junge, gab Konrad die Hand und fragte, wen er da mitbrächte.

»Ein Pferd, das vorzüglich Rollschuh fährt«, erklärte Konrad, »und meinen Onkel. Er ist Apotheker und heißt Ringelhuth.«

»Ist er sehr unausstehlich?«, fragte der fremde Junge.

»Danke nein«, sagte Konrad. »Es geht.«

»Na, wir werden ihn schon kleinkriegen«, meinte der Junge. »Wir haben hier noch ganz andere Herrschaften auf die Rolle genommen«, und dann drückte er auf einen Knopf.

»Wieso?«, fragte Konrad verwundert.

Aber da kam schon eine Schar Kinder angestürzt und

schob den Onkel durch eine Tür, über der ›NUR FÜR ERWACHSENE‹ stand.

»Was soll denn das heißen?«, fragte Konrad. »Wir wollen doch nach der Südsee!«

»Später, später«, sagte der Junge. Er nahm die Personalien auf. Dann wurden Konrad und das Pferd durch eine andere Tür geschickt. »Fragt nach der Schule!«, rief ihnen der Junge nach. »Dort findet ihr den Onkel wieder. Er wird nur erst umgezogen.«

»Verstehen Sie das?«, fragte Konrad das Pferd, als sie auf der Straße standen. »Umziehen soll sich der Onkel Ringelhuth?«

»Abwarten und Tee trinken«, gab das Pferd zur Antwort.

Die Straße war sehr belebt. Man sah Jungen, die Aktenmappen unterm Arm und Zylinderhüte auf den Köpfen trugen. Man sah kleine Mädchen, die in modernen Kostümen einherspazierten und Einkäufe erledigten. Man sah überhaupt nur Kinder!

»Verzeihung!«, sagte Konrad und hielt einen Jungen fest, der gerade in ein Auto steigen wollte. »Hör mal, gibt es denn bei euch keine Erwachsenen?«

»Doch«, antwortete der Junge. »Aber die Erwachsenen sind noch in der Schule.«

Dann stieg er in sein Auto, nickte Konrad zu und rief: »Ich muss rasch zur Börse.« Und schon brauste er um die Ecke.

»Mir bleibt die Spucke weg«, sagte Konrad.

»Es geht auch ohne«, erwiderte das Pferd.

»Was haben denn die Erwachsenen in der Schule zu suchen und die Kinder auf der Börse?«, fragte Konrad.

Das Pferd zuckte die Achseln und rollte weiter. Der Junge konnte kaum folgen. Glücklicherweise war die Schule in der Nähe. ›DEN SCHWER ERZIEHBAREN ELTERN GEWIDMET‹ stand darüber.

»Na, gehen wir mal hinein«, sagte das Pferd.

Sie gingen hinein. Hinter einem Schalter saß ein kleines Mädchen und wollte wissen, wen sie suchten.

»Einen gewissen Herrn Ringelhuth«, antwortete das Pferd.

Das kleine Mädchen blätterte in einem Oktavheft und sagte schließlich: »Ringelhuth? Der ist im Anfängerkursus.«

»Was macht er denn dort?«, fragte Konrad.

»Dort wird er erzogen«, gab das Schaltermädchen zur Antwort.

»Ich werde verrückt!«, rief Konrad. »Ich will sofort meinen Onkel wiederhaben!«

»Zimmer 28«, sagte das Mädchen streng und schloss den Schalter.

Nun stiegen das Pferd und der Junge eilig die Treppe hinauf, dann liefen sie durch einen kahlen Gang und suchten Zimmer 28. Plötzlich rief eine Kinderstimme: »Konrad, Konrad!« Der Junge wandte sich um und sah ein rothaariges Mädchen näher kommen. Die Kleine hatte Zöpfe, und diese Zöpfe standen schräg vom Kopf weg, als seien sie auf Blumendraht geflochten.

»Babette!«, rief er.

Und dann rannten beide aufeinander los und schüttelten sich die Hände.

»Wie kommst du in die Verkehrte Welt?«, fragte Babette erstaunt.

»Wir sind nur auf der Durchreise hier«, erzählte Konrad. »Wir wollen nämlich nach der Südsee, weil ich darüber einen Aufsatz schreiben muss. Und nun suchen wir meinen Onkel. Den haben sie am Eingang weggeschleppt. Er sitzt im Anfängerkursus. Hast du einen Schimmer, was er dort soll?«

»Ach, du mein Schreck!«, rief das Mädchen. »Das ist

gewiss ein Missverständnis. Dein Onkel ist doch ein netter Kerl?«

»Und ob!«, erwiderte der Junge.

»Im Empfangsbüro haben sie bestimmt gedacht, du wolltest ihn zur Erziehung herbringen.« Babette war richtig ärgerlich. »Kommt, wir wollen ihn rausholen. Das geht ganz leicht. Ich bin nämlich Ministerialrätin für Erziehung und Unterricht.« Sie nahm Konrad bei der Hand.

»Moment mal«, meinte das Pferd. »Was hat eure Verkehrte Welt eigentlich zu bedeuten? Ich bin zwar nicht auf den Kopf gefallen, aber klar ist mir das noch nicht.«

Babette blieb stehen. »Das ist so«, sagte sie. »Es gibt bekanntlich nicht nur nette Eltern, sondern auch sehr böse. Ganz genauso, wie es nicht nur gute Kinder gibt, sondern auch furchtbar ungezogene.«

»Stimmt«, bemerkte Konrad und nickte.

»Wenn sich nun diese bösen Eltern gar nicht ändern wollen und wenn sie ihre Kinder zu Unrecht strafen oder gar quälen – denn das gibt's auch –, so werden sie hier eingeliefert und erzogen. Das hilft in den meisten Fällen.«

Das Pferd kratzte sich mit dem Huf am Kopf und fragte, wie denn solche Eltern erzogen würden.

Babette holte tief Atem und sagte: »Wir vergelten

ihnen Gleiches mit Gleichem. Das ist zwar nicht hübsch, aber notwendig ist es. Da haben wir zum Beispiel Herrn Clemens Waffelbruch hier.«

»Das ist ja Onkel Ringelhuths Hauswirt!«, rief Konrad. »Aber der war doch eben noch zu Hause. Das Pferd hat ihm vor höchstens einer Stunde einen Blumentopf auf den Kopf geworfen!« Das Pferd zog die Oberlippe zurück und lachte lautlos.

»Wir sind alle zu gleicher Zeit hier und zu Hause!«, sagte Babette. »Dieser Waffelbruch nun hat einen Jungen, der heißt Arthur Waffelbruch. Und der wird von seinem Vater abends stundenlang auf den Balkon gesperrt, besonders dann, wenn es regnet. Und wisst ihr, warum? Bloß weil er schlecht rechnet. Und er gibt sich solche Mühe! Da steht Arthur dann auf dem Balkon und fürchtet sich und weint und friert und wurde immer blässer und kränker. Und rechnen konnte er vor lauter Angst überhaupt nicht mehr.«

»Der Alte hat mir gleich nicht gefallen«, knurrte das Pferd. »Ich hätte ihm ruhig noch paar Blumentöpfe auf den Hut schmeißen sollen.«

»Und nun stellen wir hier den Vater auf den Balkon«, erzählte Babette. »Und der Wind muss heulen. Und das machen wir so lange, bis der Mann merkt, wie er den Jungen quält. Seid mal still!«

Sie schwiegen.

»Hört ihr nichts?«, flüsterte Babette.

»Da weint und schimpft jemand. Es ist aber weit weg«, sagte Konrad.

»Das ist der alte Waffelbruch«, flüsterte Babette. »In zirka drei Tagen, denk ich, ist er reif. Dann verspricht er von selber, dass er den kleinen Arthur nicht mehr schinden will. Dann werden wir ihn als geheilt entlassen.«

»Aha, so ist das«, sagte das Pferd. »Und weswegen bist du denn hier?«

Babette wurde verlegen. Schließlich sagte sie: »Wegen meiner Mutter. Sie hat sich gar nicht mehr um mich gekümmert. Früh bekam ich, weil sie noch schlief, kein Frühstück. Mittags kriegte ich auch nichts zu essen, weil sie unterwegs war. Und abends, wenn ich schlafen ging, war sie noch nicht wieder zu Hause. Da schrieb ihr der Schularzt einen Brief. Aber den warf sie in den Ofen.«

»Und nun?«

»Nun wird sie hier in die Schule geschickt, und ich darf mich gar nicht um sie kümmern. Nur manchmal, da muss ich zu ihr ins Zimmer gehen und so tun, als ob ich sie gar nicht bemerke. Und wenn sie sagt, dass sie Hunger hat, muss ich tun, als ob ich's nicht hörte, und wieder fortgehen und auf dem Korridor singen.« Babette hatte Tränen in den Augen. »Sie dauert mich so«, flüsterte das Kind. »Sie hat schon zehn Pfund abgenommen. Und manchmal leg ich ihr, obwohl es verboten ist, ein belegtes Brot auf den Nachttisch.« Babette schluchzte auf und putzte sich die Nase.

»Heule nicht!«, sagte Konrad. »Als du hungrig warst, hat sie auch nicht geheult.«

Babette schnäuzte sich laut. »Das ist schon richtig«, meinte sie. »Aber sie tut mir trotzdem sehr Leid. Hoffentlich ist die Kur wenigstens nicht vergeblich.« Dann versuchte sie zu lächeln. »Im Allgemeinen haben wir Erfolg über Erfolg.«

»Das freut mich aufrichtig«, sagte das Pferd. »Nun wollen wir aber endlich Onkel Ringelhuth aus eurer Heilanstalt rausholen. Sonst wird er womöglich noch netter, als er schon ist.«

»Das wäre gar nicht zum Aushalten«, meinte Konrad. Dann liefen sie geschwind ins Zimmer 28. Dort ging es reichlich seltsam zu. Auf den Schulbänken saßen lauter Erwachsene. Sie hatten Kinderkleider an, und manche Leute sahen direkt feuergefährlich aus, besonders die dicken. Vorne, hinterm Katheder, saß ein ernster, blasser Junge. Das war der Lehrer, und als Babette mit Konrad und dem Pferd ins Zimmer kam, rief er: »Aufstehen!«

Die Erwachsenen standen auf. Nur ein furchtbar dicker Mann blieb in der Bank stecken. Der Junge, welcher der Lehrer war, gab Babette und ihren Begleitern die Hand und sagte:»Guten Tag, Fräulein Ministerialrat.«

»Tag, Jakob, ist vorhin ein Neuer gebracht worden?«

»Ja«, sagte der Lehrer,»für böse halte ich ihn nicht, aber er scheint ein bisschen dämlich zu sein. Er lacht dauernd. Kommen Sie mal her, Ringelhuth!«

Da kam nun also der Onkel Ringelhuth aus der hintersten Bank spaziert. Und das Pferd brüllte vor Lachen, als es ihn erblickte. Denn er trug kurze Hosen und eine Matrosenjacke und Wadenstrümpfe. Und auf dem Kopf saß ihm eine Matrosenmütze mit langen Bändern. Und auf der Mütze stand: ›TORPEDOBOOT-ZERSTÖRER NIEDERSCHLESIEN‹.

»Du gerechter Strohsack«, rief Konrad und hielt sich an Babette fest.

»Ich gefalle euch wohl nicht?«, fragte der Onkel gekränkt.

Babette klärte den Lehrer über das Missverständnis auf, und dann wurde ein Schüler, ein gewisser Justizrat Bollensänger, weggeschickt, um Ringelhuths Anzug und den Spazierstock im Büro zu holen. Inzwischen

nahm der Unterricht seinen Fortgang. Babette, Konrad, der Onkel und das Pferd standen an der Tür und hörten zu.

»Fleischermeister Sauertopf!«, rief Jakob. »Stehen Sie auf! Sie schlagen Ihre Kinder dauernd auf den Hinterkopf, stimmt das?«

»Jawohl«, sagte der Fleischermeister Sauertopf. »Das sind nämlich meine höchstpersönlichen Kinder, und es geht kein Aas was an, wohin und wieso ich sie dresche. Verstanden?«

»Der eine Junge ist krank geworden. Und unser Schularzt behauptet, Willi würde zeitlebens unter den Folgen der Prügel zu leiden haben, die er bekam, weil er einen Groschen verloren hatte.«

»Euer Arzt soll mal herkommen und sich bei mir 'n

paar Backpfeifen abholen!«, brüllte der Fleischermeister. »Ich härte die Kinder ab!«

»Ja«, sagte Jakob, »da werden wir Sie leider auch abhärten müssen. Wir tun es nicht gern. Aber wir werden Ihnen die unmenschlichen Prügel so lange heimzahlen, bis Sie merken, was Sie angerichtet haben.« Er drückte auf eine Klingel. Da kamen vier große starke Burschen ins Klassenzimmer, packten den Fleischer und schleppten ihn zur Tür. »Auf den Hinterkopf!«, erklärte Jakob, und die vier nickten im Chor.

»Davon wird er doch nicht vernünftig«, meinte der Onkel.

»Leider nur davon«, sagte Babette. »Ich kenne diese Kerle. Glücklicherweise sind sie nicht allzu zahlreich.«

Der Fleischermeister Sauertopf wurde abgeführt. Er wirkte in seinem Konfirmandenanzug, der ihm zu knapp war, recht kläglich und schien sich zu wundern.

»Frau Ottilie Überbein!«, rief Jakob.

Und es erhob sich eine dünne Dame. Sie trug ein kurzes Hängekleidchen und fingerte sich dauernd an ihrer Frisur herum.

Jakob sagte: »Sie zwingen Ihre Tochter Paula zum Lügen. Das Kind muss auf Ihren Befehl den Vater und die Großeltern beschwinden, weil niemand wissen darf, was Sie mit dem Wirtschaftsgeld machen und dass Sie gar nicht mit Paula spazieren gehen, sondern das Kind stundenlang allein in der Konditorei Ritter sitzen lassen und inzwischen im Bridge-Klub Geld verspielen.«

»Das geht euch doch gar nichts an! Ich kann doch tun, was ich will«, behauptete Frau Überbein schnippisch.

»Dass Sie selber lügen, ist Ihre Sache«, sagte Jakob. »Dass Sie aber die kleine Paula zum Lügen anhalten, geht uns sogar sehr viel an. Wir dulden das nicht länger. Paula schläft keine Nacht mehr, macht sich Gewissensbisse und kriegt Weinkrämpfe, wenn sie den Vater wieder hat anlügen müssen.«

»Du übertreibst, mein Kleiner«, sagte Frau Ottilie Überbein.

»Ich übertreibe ganz und gar nicht«, rief Jakob aufgebracht. »Das Kind weiß nicht mehr aus und ein. Wer weiß, was da noch passieren kann! Lassen Sie gefälligst Ihre blöde Frisur in Ruhe, wenn ich mit Ihnen rede! Sie bleiben noch eine Woche hier. Sollten Sie bis dahin noch immer nicht wissen, wie Sie sich Ihrer Tochter gegenüber zu benehmen haben, werden wir Gegenmaßnahmen ergreifen!«

»Da bin ich aber äußerst gespannt«, sagte Frau Überbein spitz.

»Wenn Sie künftig Paula zu einer Lüge zwingen, wird Ihr Mann durch uns die Wahrheit erfahren!«, rief Jakob.

»Bloß nicht«, sagte die Überbein und sank vor Schreck auf ihren Sitz.

»Morgen mehr davon«, meinte Jakob. »Und jetzt Herr Direktor Hobohm!«

Aber da kam Justizrat Bollensänger zurück und brachte Onkel Ringelhuths Anzug. Und auch den Spazierstock. Der Onkel kleidete sich rasch um, wirbelte den Stock unternehmungslustig durch die Luft und rief: »Auf nach der Südsee!«

»Das hätte ich ja beinahe vergessen«, erklärte Konrad erschrocken und gab Babette die Hand. »Es war außerordentlich lehrreich«, sagte er. »Ich wünsche dir alles Gute. Ich meine, wegen deiner Mutter.«

»Auf Wiedersehen, Fräulein Ministerialrat«, sagte das Pferd. Der Onkel war schon auf dem Korridor.

»Immer geradeaus!«, rief Babette.

»Gleichfalls!«, meinte Konrad zerstreut. Und dann rannte er hinter den andern her.

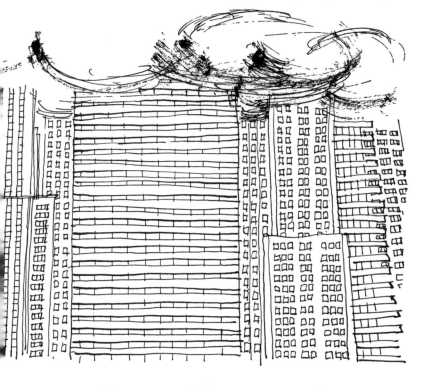

VORSICHT, HOCHSPANNUNG!

Am Ausgang der Verkehrten Welt trafen sie auf eine
Untergrundbahnstation. Sie stiegen treppab, sahen
einen Zug stehn und setzten sich hinein.

»Eine komische Untergrundbahn«, sagte Konrad.
»Hier gibt's keine Schaffner, hier gibt's keinen Zugfüh-
rer. Ich bin neugierig, wo die Fuhre hingeht.«

»Wir werden's ja erleben«, entgegnete der Onkel.

Da aber ruckte der Zug an, setzte sich in Bewegung und sauste, eine Sekunde später, wie ein geölter Blitz in einen betonierten Stollen hinein. Ringelhuth fiel von der Bank und sagte:»Vielleicht werden wir's auch nicht erleben. Lieber Neffe, falls mir etwas Menschliches zustößt, vergiss über dem Schmerz um mich nicht, dass du meine Apotheke erbst.«

»Und falls du mich überlebst, lieber Onkel«, sagte der Junge,»so gehören dir meine Schulbücher und der Zirkelkasten.«

»Heißen Dank«, erwiderte der Onkel. Und dann schüttelten sich die beiden ergriffen die Hand.

»Wir wollen nicht weich werden«, meinte das Pferd und blickte aus dem Fenster. Die Untergrundbahn schoss wie eine Rakete durch den Tunnel. Die Schienen jammerten. Und der Zug zitterte, als hätte er vor sich selber Angst.

Onkel Ringelhuth setzte sich wieder auf die Bank und sagte verzweifelt:»Wenn mir jetzt was passiert, ist's mit dem Nachtdienst in der Apotheke Essig.« Doch da fiel er schon wieder von der Bank. Denn die Bahn hielt, als hätte man einen Eisberg gerammt.

»Nun aber raus!«, schrie der Onkel, krabbelte hoch, riss die Tür auf und stolperte auf den Bahnsteig. Das Pferd und Konrad stürzten hinter Ringelhuth her.

Als sie die Treppe hinaufgeklettert waren und sehen konnten, wo sie sich befanden, waren sie zunächst einmal starr. Sie standen zwischen lauter Wolkenkratzern! »Meine Fresse«, sagte schließlich das Pferd. Und Konrad begann, die Stockwerke des nächstliegenden Gebäudes zu zählen. Er brachte es auf sechsundvierzig. Dann musste er aufhören, weil der Rest des Hauses von Wolken umschwebt war. Auf einer dieser Wolken stand in Projektionsschrift:

ELEKTROPOLIS
DIE AUTOMATISCHE STADT
VORSICHT,
HOCHSPANNUNG!

Das Pferd wollte auf der Stelle umkehren und meinte, man solle doch die verflixte Südsee schwimmen lassen. Aber Onkel und Neffe dachten nicht im Traum dran, sondern überquerten den großen Platz, der vor ihnen lag und von Hunderten von Autos befahren war. Und da musste Negro Kaballo wohl oder übel hinterhertrotteln.

»Zu arbeiten scheint hier überhaupt niemand«, meinte Ringelhuth. »Alles fährt im Auto spazieren. Versteht ihr das?«

Konrad, der neugierig neben einem der Wagen hergerannt war, kam zurück und schüttelte den Kopf. »Denkt euch bloß«, sagte er, »die Autos fahren von ganz alleine, ohne Schofför und ohne Steuerung. Mir ist das völlig schleierhaft.« Da bremste ein Wagen und hielt neben ihnen. Eine nette alte Dame saß hintendrin. Sie häkelte an einem Filetdeckchen und fragte freundlich: »Sie sind wohl von auswärts?«

»Es reicht«, erwiderte der Onkel. »Können Sie uns erklären, wieso hier die Autos von selbst fahren?«

Die alte Dame lächelte. »Unsre Wagen werden ferngelenkt«, erzählte sie. »Das Lenkverfahren beruht auf der sinnreichen Koppelung eines elektromagnetischen Feldes mit einer Radiozentrale. Ganz einfach, was?«

»Blödsinnig einfach«, meinte der Onkel.

»Einfach blödsinnig«, knurrte das Pferd.

Und Konrad rief ärgerlich: »Wo ich doch Schofför werden wollte!«

Die alte Dame tat ihr Filetdeckchen beiseite und fragte: »Wozu willst du denn Schofför werden?«

»Na, um Geld zu verdienen«, antwortete der Junge.

»Wozu willst du denn Geld verdienen?«, fragte die alte Dame.

»Sie sind aber komisch«, rief Konrad. »Wer nicht arbeitet, verdient kein Geld. Und wer kein Geld verdient, muss verhungern!«

»Das sind ja reichlich verwitterte Anschauungen«, äußerte die alte Dame. »Mein liebes Kind, hier in Elektropolis arbeitet man nur zu seinem Vergnügen, oder um schlank zu bleiben, oder um wem ein Geschenk zu machen, oder um was zu lernen. Denn das, was wir zum Leben brauchen, wird samt und sonders maschinell hergestellt, und die Bewohner kriegen es gratis.«

Onkel Ringelhuth dachte nach und sagte dann: »Aber die Lebensmittel muss man doch, ehe sie in Fabriken verarbeitet werden, erst mal pflanzen? Und das Vieh wächst doch auch nicht wie Unkraut in der Gegend!«

»Das erledigen unsre Bauern vor der Stadt«, entgegnete die alte Dame. »Aber auch die haben wenig Pflichtarbeit. Denn auch die Landwirtschaft ist restlos durchmechanisiert; das meiste besorgen Maschinen.«

»Und die Bauern schenken Ihnen ihr Vieh und ihr Getreide?«, fragte das Pferd.

»Die Bauern kriegen für ihre Erzeugnisse alles andre, was sie zum Leben brauchen«, erzählte die alte

Dame. »Alle Menschen können alles kriegen. Denn
der Boden und die Maschinen produzieren bekanntlich
mehr, als wir benötigen. Wussten Sie das noch nicht?«

Onkel Ringelhuth schämte sich ein bisschen. »Natürlich wissen wir das«, meinte er. »Aber bei uns leiden
trotzdem die meisten Menschen Not.«

»Das ist doch der Gipfel!«, rief die alte Dame streng.
Dann lächelte sie aber wieder und sagte: »So, jetzt fahr
ich in unsre künstlichen Gärten. Dort duften die Bäume
und Blumen nach Ozon. Das ist sehr gesund. Wieder-
schaun.«

Sie drückte auf einen Knopf, beugte sich über ein Sprachrohr und rief hinein:»In den künstlichen Park! Ich will in der Gastwirtschaft am Kohlensäurebassin Kaffee trinken!« Da setzte sich das geheimnisvolle Auto gehorsam in Bewegung und fuhr davon. Die alte Dame lehnte sich bequem zurück und häkelte weiter.

Die drei gafften wie die Ölgötzen hinterher. Und der Onkel sagte:»Das ist ja allerhand. Und so schön wird's später auf der ganzen Welt sein! Hoffentlich erlebst du's noch, mein Junge.«

»Wie im Schlaraffenland«, meinte das Pferd.

»Mit einem Unterschied«, warf Ringelhuth ein.

»Der wäre?«, fragte das Pferd.

»Hier arbeiten die Menschen. Hier sind sie nicht faul. Sie arbeiten allerdings nur zu ihrem Vergnügen. Doch das wollen wir ihnen nicht nachtragen. Na, gehn wir weiter!«

Sie bogen in eine belebte Straße ein, um sich die Schaufenster von Elektropolis zu betrachten. Aber kaum hatten sie den Bürgersteig betreten, so fielen sie alle drei der Länge lang um und rutschten, obwohl sie das gar nicht vorhatten, auf dem Trottoir hin.

»Hilfe!«, schrie Konrad.»Der Fußsteig ist lebendig!«

Der Fußsteig war nämlich, damit man nicht zu gehen brauchte, mit einem laufenden Band versehen. Darauf stellte man sich und fuhr, ohne eine Zehe krumm zu machen, durch die Straßen. Wenn man in ein Geschäft wollte, trat man von dem laufenden Band herunter und hatte nun Pflaster unter den Schuhen.

»Das hätte uns das häkelnde Großmütterchen ruhig sagen können«, knirschte das Pferd. Es fuhr auf seinem Allerwertesten die Hauptstraße von Elektropolis lang und konnte, wegen der Rollschuhe, nicht aufstehen. Erst als Ringelhuth und Konrad nachhalfen, kam es auf die Beine. Und nun machte ihnen der lebendige Bürgersteig geradezu Spaß.

Dann wollte der Onkel in das Schaufenster einer Konditorei gucken und trat von dem laufenden Band herunter. Er hatte aber noch keine Übung und stieß mit dem Schädel gegen eine Hauswand. Daraufhin hörten sie ein merkwürdiges Singen und Klingen, und sie wussten zunächst nicht, woher das kam. Konrad klopfte gegen das Haus, und das Summen wurde noch stärker. Er kratzte an der Wand und rief:»Was sagt ihr dazu? Die Wolkenkratzer sind aus Aluminium!«

»Kinder, ist das eine praktische Stadt!«, meinte der Onkel.»Da sollten wir mal unsern Bürgermeister studienhalber herschicken!«

Am meisten imponierte ihnen aber Folgendes: Ein Herr, der vor ihnen auf dem Trottoir langfuhr, trat plötzlich aufs Pflaster, zog einen Telefonhörer aus der Manteltasche, sprach eine Nummer hinein und rief:»Gertrud, hör mal, ich komme heute eine Stunde später zum Mittagessen. Ich will vorher noch ins Labora-

torium. Wiedersehen, Schatz!« Dann steckte er sein Taschentelefon wieder weg, trat aufs laufende Band, las in einem Buch und fuhr seiner Wege.

Konrad und dem Pferd standen die Haare zu Berge. Ein paar Leute, die in entgegengesetzter Richtung an ihnen vorbeifuhren, sagten: »Die mit dem Pferd, das sind bestimmt Provinzler.«

Ringelhuth zuckte die Achseln und versuchte, möglichst einheimisch zu wirken. Dabei fiel er aber wieder um. Doch er sagte, als Konrad ihm hochhelfen wollte: »Lass gut sein, ich fahre im Sitzen weiter.«

Sie rollten aus einer Straße in die andre. Und die Wolkenkratzer aus Aluminium begannen leise zu singen, weil ein Wind aufkam.

Nach einer Viertelstunde war das laufende Band zu
Ende. Auch Wolkenkratzer gab es keine mehr.

Sie mussten wieder zu Fuß gehen, marschierten flei-
ßig und standen, wenig später, vor einer gewaltigen
Fabrik. »Viehverwertungsstelle Elektropolis«, so hieß
sie. Konrad rannte als Erster durchs Tor.

Unabsehbare Viehherden warteten darauf, nutzbringend verarbeitet zu werden. Sie drängten sich, muhend und stampfend, vor einem ungeheuer großen Saugtrichter, der gut seine zwanzig Meter Durchmesser hatte. Sie drängten einander in den Trichter hinein. Ochsen, Kühe, Kälber – alle verschwanden sie zu Hunderten, geheimnisvoll angezogen, in der metallisch glänzenden Öffnung.

»Wozu ermordet der Mensch die armen Tiere?«, fragte das Pferd.

»Ja, es ist ein Jammer«, erwiderte der Onkel. »Aber

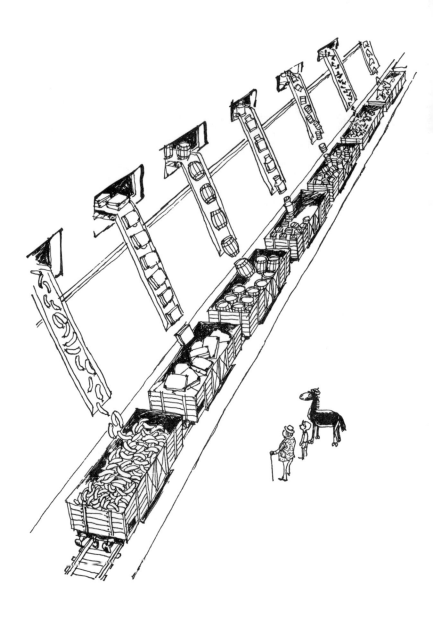

wenn Sie mal ein Schnitzel gegessen hätten, wären Sie nachsichtiger!«

Konrad lief an der Längsseite der Maschinenhalle entlang. Man hörte das Geräusch von Motoren und Kolben. Ringelhuth und das Pferd hatten Mühe, dem Jungen zu folgen.

Endlich erreichten sie die Rückseite der Fabrikanlage.

Dort standen, in langer Reihe, elektrische Güterzüge. Und aus der Hinterfront des Gebäudes fielen die Fertigfabrikate der Viehverwertungsstelle in die Eisenbahnwaggons. Aus einer der Wandluken fielen Lederkoffer, aus einer anderen Fässer mit Butter, aus einer dritten purzelten Kalblederschuhe, aus einer vierten Büchsen mit Ochsenmaulsalat, aus einer fünften große Schweizerkäse, aus einer sechsten rollten Tonnen mit Gefrierfleisch; aus wieder anderen Luken fielen Hornkämme, Dauerwürste, gegerbte Häute, Kannen voll Milch, Violinsaiten, Kisten mit Schlagsahne und vieles noch.

Waren die Waggons gefüllt, so läutete eine Glocke. Dann rückten die Züge weiter vor, und leere Waggons fuhren unter die Luken, um beladen zu werden.

»Und nirgends eine Menschenseele! Nichts als Ochsen!«, rief Onkel Ringelhuth. »Alles elektrisch! Alles automatisch!«

111

Aber gerade als er das rief, kam ein Mann über den Fabrikhof geschlendert. Er grüßte und sagte:»Ich habe heute Dienst. Jeden Monat einmal. Zwölf Tage im Jahr. Ich beaufsichtige die Maschinerie.«

»Eine Frage, Herr Nachbar«, sagte das Pferd. »Was machen Sie eigentlich an den übrigen dreihundertdreiundfünfzig Tagen des Jahres?«

»Da seien Sie mal ganz ohne Sorge«, meinte der Mann vergnügt. »Ich habe einen Gemüsegarten. Außerdem spiele ich gerne Fußball. Und malen lerne ich auch. Und manchmal lese ich Geschichtsbücher. Ist ja hochinteressant, wie umständlich die Leute früher waren!«

»Zugegeben«, sagte der Onkel. »Aber woher kriegen Sie die Unmenge Elektrizität, die Sie in Ihrer Stadt verbrauchen?«

»Von den Niagarafällen«, erzählte der Mann. »Leider hat es dort seit Wochen so geregnet, dass wir sehr in Sorge sind. Die Spannung und die Stromstärke haben derartig zugenommen, dass wir fürchten, in der Zentrale könnten die Sicherungen durchbrennen. Ach, da erscheint gerade die 4-Uhr-Zeitung!«

»Wo denn, Herr Nachbar?«, fragte Konrad.

Der Aufseher starrte zum Himmel empor. Die andern folgten seinem Beispiel. Und tatsächlich, am Him-

mel erschienen, in weißer Schrift auf blauem Grunde, Zeitungsnachrichten. »KEINE GEFAHR FÜR ELEKTRO-POLIS!«, stand da. Und dann folgte ein Gutachten der Sicherheitskommission.

Außerdem erschienen Notizen über die Wirtschafts-verhandlungen mit dem Mars, über die letzten For-schungsergebnisse der verschiedenen wissenschaft-lichen Institute, über die morgigen Rundfunk- und Heimkinodarbietungen, und zum Schluss wurde die Romanfortsetzung ans Himmelsgewölbe projiziert.

Konrad wollte grade den Roman zu lesen anfangen, da entstand plötzlich ein Höllenlärm. Aus den Luken der Fabrikwand fielen die Produkte der Viehverwer-tung in immer rascherem Tempo. Es regnete förmlich Koffer und Fleischsalat, Butter, Stiefel, Schweizerkäse und Schlagsahne. Die Waggons liefen über. Jetzt flogen schon Backsteine, Fensterrahmen und Maschinenteile aus den Luken!

»O weh!«, schrie der Aufseher. »Die Fabrik frisst sich selber auf!« Und er rannte davon.

Die Katastrophe begann damit, dass die Elektrizitätswerke der Stadt, infolge der Überschwemmungen am Niagara, von der hundertfachen Kraft getrieben wurden. Die Maschinen der Viehverwertungsstelle liefen, als sämtliche Herden verarbeitet worden waren, leer. Schließlich liefen sie rückwärts, saugten die Butterfässer, den Käse, die Koffer, die Stiefel, das Gefrierfleisch, die Dauerwurst und alles Übrige aus den Waggons heraus und spien, am Fabriktor, das ursprüngliche Vieh wieder aus dem Trichter. Die Ochsen, Kälber und Kühe rannten brüllend und nervös auf die Straße und in die Stadt hinein.

Der Onkel und Konrad waren auf ihr Pferd geklettert und wurden von den wild gewordenen Viehherden fortgerissen. Auf den Straßen rasten die Rolltrottoirs wie irrsinnig dahin. Die automatischen Autos schossen wie Blitze vorbei, prallten gegeneinander oder sausten in Häuser hinein und rasten treppauf. Die elektrischen Lampen schmolzen. Die künstlichen Gärten welkten und blühten in einem fort. Am Himmel erschien schon die Zeitung von übermorgen.

Das Pferd war dem nicht länger gewachsen. Es blieb auf der Fahrstraße stehen und schlotterte mit den Knien.

»Entschuldigen Sie, Kaballo!«, rief der Onkel und gab dem Pferd mit dem Spazierstock einen solchen Schlag auf die Kehrseite der Medaille, dass das Tier vor Schreck alle Angst vergaß und wie besessen durch die Katastrophe jagte.

Nach etlichen Minuten waren sie bereits aus der Stadt hinaus und gerettet.

»Eine verdammt kitzlige Sache, die Technik«, sagte das Pferd.

Sie sahen zurück und konnten beobachten, wie die Fahrstühle aus den Dächern flogen. Der Lärm der schwankenden Aluminium-Wolkenkratzer klang nach Krieg.

Onkel Ringelhuth klopfte dem Pferd den Hals, trocknete sich die Stirn und sagte: »Das Paradies geht in die Luft.«

Konrad packte den Onkel am Arm und rief: »Mach dir nichts draus! Wenn ich groß bin, bauen wir ein neues!«

Und dann ritten sie weiter. Immer geradeaus. Der Südsee entgegen.

Die Begegnung mit Petersilie

Sie ritten durch ein weißes Dünengebirge. Dem Pferd
kam Sand in die Kugellager. Es knirschte und
quietschte ganz abscheulich. Und der Onkel hielt sich
die Ohren zu.

»Ich werde verrückt!«, rief Konrad, weil er Ringelhuth aufziehen wollte. Aber der Onkel konnte es, weil

er sich die Ohren zuhielt, natürlich gar nicht verstehen. Schließlich hörten die Dünen auf, und das Meer begann. Es war marineblau und schien kein Ende zu nehmen. Da standen nun die drei Freunde vorm Indischen Ozean und guckten, obwohl die Sonne brannte, in den Mond. Das Pferd sagte, es habe es ja gleich gesagt, und wollte wieder mal umkehren. Doch da kam es bei den andern schief an. Und so knirschte es unentwegt den Strand entlang, weil Ringelhuth gemeint hatte, vielleicht träfen sie irgendwo einen Kutter.

Einen Kutter trafen sie zwar nicht, aber sie entdeckten etwas noch viel Merkwürdigeres: Sie sahen ein zwei Meter breites Stahlband, das weit ins Meer hinausreichte und ebenso endlos zu sein schien wie der Ozean selber. Es glich fast einer schmalen Gasse, die übers Meer führte, oder einem Bündel Mondstrahlen, das sich nachts im Wasser spiegelt.

Auf diesem Stahlband, nicht weit vom Strand entfernt, stand eine einsame Frau, hielt einen Borstenbesen und schrubbte.

»Was machen Sie denn da?«, fragte der Onkel.

»Ich scheure den Äquator«, gab die Frau zur Antwort.

»Was? Das ist der Äquator?«, rief Konrad und zeigte ungläubig auf das stählerne Band.

»Und wozu scheuern Sie denn das Ding?«, fragte das Pferd.

»Wir hatten drei Tage Monsun«, sagte die Scheuerfrau. »Es gab haushohe Wellen, und heute Morgen war der Äquator rostig. Und nun schrubbe ich den Rost weg. Denn wenn er sich festfrisst, könnte der Äquator platzen, und dann ginge der Globus in die Brüche!«

»Das Beste ist, Sie pinseln Ihren blöden Äquator mit Mennige an«, sagte das Pferd. »Dann kann er gar nicht erst rosten.«

»Er muss doch aber ein bisschen rosten«, antwortete die Frau. »Sonst verlier ich meine Anstellung.«

»Dann entschuldigen Sie gütigst«, meinte das Pferd. »Ich wollte Ihnen nicht zu nahe treten.«

»Oh, das macht fast gar nichts«, sagte die Frau bescheiden und scheuerte ihres Wegs.

Onkel Ringelhuth zog den Hut, um ihre Aufmerksamkeit zu erregen. »Ehe Sie sich völlig in Ihre Lebensaufgabe verlieren, noch eine Frage. Wie kommen wir am schnellsten zur Südsee?«

»Rauf auf den Äquator, und dann immer geradeaus!«, rief die Frau.

»Ganz wie Sie wünschen«, sagte der Onkel und setzte sich zögernd den Hut wieder auf.

»Also los, du oller Mustang!«, schrie Konrad, außer

sich vor Freude. Dem Pferd lief eine Gänsehaut übers Fell. »Ich soll auf das Wellblech?«, fragte es ängstlich. »Wenn uns dort ein Sturm erwischt, mit Wasserhosen und solchen Sachen, gehen wir glatt übern Harz. Ihr reitet mich auf eigene Gefahr. Seit ich stellungslos bin, bin ich nicht mehr versichert.«

»Hau ab, du schwarzer Schimmel!«, rief der Onkel.

Da sprang das Pferd geräuschvoll auf den Äquator, schmiegte sich an der schrubbenden Scheuerfrau vorbei und zockelte südseewärts. Der Äquator schaukelte. Es war zum Seekrankwerden.

Das Festland war verschwunden. Sie sahen nur noch marineblaues Meer ringsum und die stählerne Schiene vor sich. Manchmal plätscherte eine kleine Welle über den Äquator hin. Dann wurde er nass, und das Pferd kam so ins Rutschen, dass sie im Chor losbrüllten und bei sich dachten: »Guten Morgen, Feierabend!«

Und als sie gar einem Schild begegneten, auf dem zu lesen stand: »Es wird gebeten, die Haifische nicht zu necken!«, da fiel ihnen das Herz senkrecht in die Hosen. Auch dem Pferd, das gar keine Hosen anhatte.

An allen Ecken und Enden tauchten Herden von Menschenhaien auf. Die Viecher waren groß wie Unterseeboote, steckten die gefährlichen Mäuler aus dem Wasser und sperrten sie auf, als ob sie gähnten. Sie hatten aber Hunger. »Das könnte denen so passen«, murmelte der Onkel. »Herr Apotheker«, sagte das Pferd, »die Tierchen haben sich in Ihren Bauch verliebt. Die wissen, was gut schmeckt.« »Werden Sie ja nicht frech«, rief Konrad. »Mein Onkel hat keinen Bauch! Merken Sie sich das!« Ringelhuth war gerührt. »Du bist ein braver Junge«, sagte er. »Und wenn Sie«, jetzt meinte er das Pferd, »wenn Sie ein Ross mit Gymnasialbildung sein wollen, dann könnte ich das ganze Zutrauen ...«

In diesem Moment schnellte einer der Haifische aus dem Wasser hoch in die Luft und schnappte gierig nach Ringelhuth. Aber Konrad traf, als gelte es einen Elfmeter, das bedauernswerte Tier mit der Stiefelspitze klar am Unterkiefer, und der Haifisch kehrte reumütig und mit einem komplizierten Kieferbruch in die salzigen Fluten zurück. Daraufhin wandten auch die anderen Haie dem Äquator den Rücken, und die drei Reisenden hatten Ruhe.

»Wenn du nicht schon mein Neffe wärst, würde ich dich umgehend dazu ernennen«, erklärte der Onkel mit zitternder Stimme.

Das Pferd hustete ironisch. Dann sagte es: »Sie werden sich mit Ihrer Freigebigkeit noch ruinieren.«

»Spotten Sie nur!«, rief der Onkel. »Mein Neffe ist ideal veranlagt und weiß meine Bemerkung voll zu würdigen!«

»Wenn ich offen sein soll«, meinte Konrad, »'ne Mark wäre mir lieber gewesen. Ich spar nämlich für 'ne Dampfmaschine.«

»So ein geldgieriger Knabe«, knurrte Ringelhuth. »Nach meinem Tode erbst du ja doch alles.«

»Dann spielt er aber nicht mehr mit Dampfmaschinen«, sagte das Pferd und kicherte. Was blieb dem Onkel weiter übrig? Er holte sein Portemonnaie aus der Tasche und drückte dem Jungen eine Mark in die Hand.

»Hoffentlich will dich noch so 'n Haifisch fressen«, meinte Konrad. »Dann verdien ich mir noch 'ne Mark.« Es kam aber keiner mehr.

»Du hast keinen feinen Charakter«, sagte Ringelhuth. »Aber das ist nicht zu ändern. Es liegt bei uns in der Familie.«

Es konnte gar nicht mehr weit bis zur Südsee sein. Zu beiden Seiten des Äquators sah man schon Palmeninseln mit vorgelagerten Korallenriffen. Und vor den Reisenden tauchte eine mit tropischen Urwäldern ver-

sehene Küste auf. Das Pferd fuhr wie ein Schnellzug drauflos. Es hatte den schaukelnden Äquator und das Wasser satt.

Endlich standen sie auf dem Festland. Zwischen zwei riesigen Eukalyptusbäumen hingen aus Lianen geflochtene Girlanden. Und an einer der Girlanden baumelte ein Schild mit folgendem Text:

SÜDSEE, WESTPORTAL

EINTRITT

AUF EIGENE GEFAHR!

REKLAMATIONEN

KÖNNEN NICHT

BERÜCKSICHTIGT WERDEN!

Ein bisschen eingeschüchtert ritten sie unter den Girlanden hin und kamen auf eine herrliche Orchideenwiese, die von Palmen umgeben war. Über diese Wiese rannte ein Gorilla auf sie zu, gab ihnen die Hand, drehte sich dann nach den Palmen um und winkte. Im gleichen Augenblick brach ein wüstes Geschrei los. Affenherden, die in den Palmen hockten, kreischten auf.

Papageien, die Notenblätter zwischen den Zehen hielten, plärrten dazwischen. Ein Elefant hatte den Rüssel um einen Palmenstamm geschlungen und schüttelte den Baum, dass die Kokosnüsse klapperten. Der Gorilla schwang seine langen Affenarme im Takt, als sei er der Kapellmeister und dirigiere den Heidenlärm.

Ebenso plötzlich, wie er begonnen hatte, hörte der Krach auf. Der Gorilla wandte sich den drei Reisenden zu und fletschte die Zähne.

»Vielen Dank, Sie Affe«, sagte der Onkel. »Es war ergreifend.« Konrad sprang zu Boden, lief zu dem Gorilla hin und klopfte ihn auf die bärtige Schulter. »Wenn ich das dem Oberländer erzähle«, rief er, »zerspringt er. Unter Garantie!«

»Woher soll denn so ein Affe wissen, wer Oberländer ist«, meinte der Onkel.

»Oberländer ist unser Klassenerster«, sagte Konrad. Aber der Gorilla interessierte sich nicht für Konrads Primus, sondern raste eine Palme hinauf. Weg war er! Die andern Affen folgten ihm.

Der Elefant verneigte sich dreimal feierlich vor den Reisenden. Dann trollte er sich. Er trabte in den Urwald, und man konnte noch sehr lange hören, wie die Bäume unter seinen Füßen zersplitterten.

»Fort mit Schaden!«, sagte Ringelhuth. Und dann ritten sie weiter. Sie folgten einem schillernden Schwarm kleiner bunter Kolibris, der vor ihnen herflatterte, als wolle er den Weg zeigen.

»Schau dich gründlich um, mein Junge«, riet das Pferd. »Damit sich dein Aufsatz sehen lassen kann.« Der Onkel meinte sogar, Konrad solle Notizen machen. Aber Konrad antwortete nicht einmal. Er betrachtete die Gegend. Es gab prächtige Paradiesvögel zu sehen und kleine komische Tapire, schneeweiße Eichhörnchen und faustgroße Schmetterlinge in allen Farben, Nashornkäfer und fliegende Hunde, goldne Pfauen und Schlangen, die wie zusammengerollte Gartenschläuche am Wege lagen. Am sehenswertesten war aber eine Herde Kängurus, die unter einem schattigen

Bananenbaum saß. Die Kängurumännchen spielten Skat. Die Weibchen strickten Socken. Die Wollknäuel hatten sie in ihren Beuteln. Auch Lebensmittel hatten sie drin. Und die Milchflaschen für die kleinen Kängurus, die im Gras saßen, Bananen schälten und über eine aufgespannte Leine sprangen. Plötzlich griffen die Känguruweibchen hastig nach ihren Kindern, stopften sie in ihre Beutel und hüpften davon. Die Männchen ließen sogar die Skatkarten liegen.

»Nanu!«, rief der Onkel. »Könnt ihr mir vielleicht erklären, warum ...« Aber da schwieg er schon. Denn dicht vor ihnen kauerten drei Königstiger. Die drei Tiger strichen sich den Schnurrbart, machten je einen Buckel und wollten gerade losspringen, da riss Onkel Ringelhuth seinen Spazierstock an die Backe, als sei er ein geladenes Gewehr, kniff das linke Auge zu und zielte.

Die Tiger erschraken. Der größte von ihnen zog ein weißes Tuch aus der Tasche und hielt es hoch.

»Ergebt ihr euch?«, schrie Konrad.

Die drei Königstiger nickten.

»Dann macht gefälligst, dass ihr fortkommt!«, rief der Onkel energisch. »Sonst knall ich euch mit meinem Spazierstock über den Haufen!«

»Zurück, marschmarsch!«, wieherte das Pferd. Und

da rissen die Raubtiere aus. Gleichzeitig ging ein Ruck durch Negro Kaballo. Er stolperte und starrte verwundert auf seine Hufe. Die Rollschuhe waren verschwunden. »Meine Fresse«, rief das Pferd. »Wo sind denn meine Fahrzeuge hin?«

Der Onkel wusste es auch nicht. Aber Konrad sagte: »Habt ihr denn total verschwitzt, was wir im Schlaraffenland erlebt haben?«

»Richtig!«, rief das Pferd. »Na, mir soll's recht sein. Wozu braucht ein Ross Rollschuhe? Ist ja unnatürlich.« Und von nun an galoppierte es wieder, statt zu rollen.

Kurz darauf begegneten sie der kleinen Petersilie. Das kam so. Sie hörten jemanden weinen. Es klang wie ein Kind. Aber sie konnten absolut nichts finden, so sehr sie sich plagten. Schließlich stiegen Onkel und Neffe vom Pferd und gingen vorsichtig in den Urwald hinein. Ringelhuth kam allerdings nicht weit. Er stolperte über eine Luftwurzel, schrie: »Mein Hühnerauge!«, setzte sich auf den Erdboden und streichelte seinen Fuß. Dadurch, dass er in einem Ameisenhaufen Platz genommen hatte, wurde die Sache auch nicht gerade besser. Denn die polynesischen Ameisen sind so groß wie unsere Maikäfer. Und die Flüssigkeit, die sie absondern, ist die reinste Salzsäure.

Konrad kletterte indessen über umgestürzte Baumstämme, strampelte zwischen Schlingpflanzen hindurch und folgte dem Kinderweinen, bis er unter einen Gummibaum geriet. Das Schluchzen kam aus dem Gipfel des Gummibaums. Der Junge sah empor. Hoch oben, auf einem Zweig, saß ein kleines Mädchen, kaute an einer Ananas und jammerte vor sich hin.

»Was 'n los?«, rief Konrad.

»Ist er weg?«, fragte das kleine Mädchen.

»Wer soll 'n weg sein?«, erkundigte sich der Junge.

»Der Walfisch!«, schrie sie herunter.

»Bei dir piept's ja«, sagte er.

Da kletterte sie wie ein Wiesel von ihrem Gummibaum herab, stellte sich vor Konrad auf und rief empört:»Was fällt dir eigentlich ein, du Lausejunge? Ich bin eine Prinzessin und heiße Petersilie!«

Konrad war nicht fähig, etwas zu erwidern. Denn das Mädchen, das Petersilie hieß, war schwarz und weiß kariert!

»Mensch«, sagte er schließlich.»Auf dir kann man ja Schach spielen!«

Sie gab ihm ein Stück von ihrer Ananas und sagte:»Mein Papa ist ein berühmter schwarzer Südseehäuptling. Und Mutti ist Holländerin. Sie war, bevor sie meinen Papa heiratete, Tippfräulein in einer hiesigen

Kokosflockenfarm. Und deshalb bin ich schwarz und weiß gekästelt. Sieht es sehr scheußlich aus?«

»Das kann ich nicht beurteilen«, entgegnete der Junge. »Mir gefällt's! Übrigens heiße ich Konrad.«

Die kleine Petersilie machte einen Knicks.

Konrad gab ihr die Hand. Anschließend erkundigte er sich, wieso sie vor einem Walfisch ausgerissen sei. Walfische lebten doch im Wasser.

»Hast du 'ne Ahnung!«, rief sie. »Walfische sind doch Säugetiere. Im Wasser leben sie nur aus Versehen.«

Plötzlich krachte es im Urwald. »Das ist er!«, schrie Petersilie, packte den Jungen am Arm und zerrte ihn vorwärts. Sie rannten wie wild der Straße zu.

Onkel Ringelhuth saß noch immer in dem Ameisenhaufen und schimpfte wie ein Schofför.

»Los!«, brüllte Konrad. »Der Walfisch kommt! Die Kleine hier heißt Petersilie!«

Der Onkel traute seinen Augen nicht. Er starrte entgeistert auf das karierte Kind.

»Nun mach schon!«, rief Konrad.

»Nur weil ihr's seid«, sagte der Onkel, bürstete sich die Ameisen vom Anzug und rannte mit.

Das Pferd, das auf der Straße stand und, um sich die Zeit zu vertreiben, gerade paar Kniebeugen machte, wunderte sich, als die drei atemlos angestolpert kamen.

»Man kann euch nicht wieder allein in den Wald lassen«, knurrte es. »Wen bringt ihr denn da mit?«

»Das kleine Mädchen wird von einem Walfisch verfolgt«, erzählte Konrad. »Er wird gleich eintreffen.«

»Das hat mir noch gefehlt«, sagte das Pferd. »Fische gehören ins Wasser und karierte Kinder auf den Jahrmarkt.«

»Walfische sind doch keine Fische!«, rief Konrad. Dann gab er Petersilie eins hintendrauf. Denn sie heulte schon wieder. »Warum verfolgt er dich denn?«, fragte er.

»Ach«, schluchzte sie, »ich hab ihm die Zunge herausgestreckt. Und nun ist er beleidigt. Hilfe! Da kommt er!«

Es knackte in den Palmen. Sie zerbrachen wie Streichhölzer. Ein graues Ungetüm schob sich aus dem Urwald. Es sah aus wie ein zerbeultes Luftschiff und riss sein zahnloses Maul auf. Onkel Ringelhuth legte für alle Fälle seinen Spazierstock an die Backe und brüllte: »Hände hoch oder ich schieße!« Aber der Walfisch fiel nicht drauf rein. Er wälzte sich immer näher und näher. Konrad stellte sich schützend vor Petersilie und den Onkel und hob drohend die Faust.

»Marsch ins Grab mit uns!«, murmelte das Pferd.

In diesem Augenblick knallten ein paar Schüsse. Der

Walfisch stutzte, nieste laut, machte kehrt und wälzte sich in den Urwald zurück. Ringelhuth wischte sich die Stirn, betrachtete den Neffen ungehalten und rief: »Alles wegen eines freien Aufsatzes! Ich werde deinem Lehrer einen groben Brief schreiben.«

Das Pferd holte erlöst Atem. Dann fragte es: »Wer von uns hat denn nun eigentlich geschossen? Apotheker, hören Sie, vielleicht war Ihr Spazierstock doch geladen, was?«

»Ich habe geschossen!«, rief eine Stimme. Alle fuhren herum. Vor ihnen stand ein bronzebrauner Mann. Er trug einen Lendenschurz aus Palmenblättern, andernorts war er bunt tätowiert. »Ich bin der Häuptling Rabenaas, auch ›Die Schnelle Post‹ genannt. Hallo, Petersilie!« Er gab dem Mädchen die Hand, dann auch den Übrigen.

»Nicht, dass ich neugierig wäre«, meinte der Onkel. »Aber womit haben Sie eigentlich geschossen, Herr Rohrspatz?«

»Rabenaas, nicht Rohrspatz«, sagte der Häuptling zurechtweisend.

»Ganz wie Sie wollen«, rief der Onkel. »Von mir aus können Sie Hasenpfeffer heißen. Also, Herr Rabenspatz, womit haben Sie geschossen? Es klang so seltsam.«

»Mit heißen Bratäpfeln«, sagte Häuptling Rabenaas.
»Ich wollte den Walfisch nur abschrecken. Ich freue
mich, dass ich Ihnen eine kleine Gefälligkeit erweisen
durfte.«

»Mit heißen Bratäpfeln?«, fragte Konrad. »Und wo haben Sie denn Ihre Flinte?«

»Ich habe kein Gewehr«, erwiderte Die Schnelle Post. »Ich pflege mein Taschenmesser mit Bratäpfeln zu laden.«

»Dann natürlich!«, sagte Ringelhuth. »Womit Sie aber auch geschossen haben mögen, wir danken Ihnen von Herzen!«

Rabenaas winkte ab. »Nicht der Rede wert«, bemerkte er, nickte gnädig, ging in den Wald zurück und war verschwunden.

Petersilie brachte die Reisenden zu einem befreundeten Völkerstamm, der an einem reizenden Süßwassersee in hohen Pfahlbauten wohnte. Die Eingeborenen waren tätowiert, trugen Lendenschurze und zentnerschwere Korallenketten. Das Pferd sagte, es interessiere sich nicht für dergleichen. Es trabte stattdessen zu einem wogenden Zuckerrohrfeld und fraß sich wieder mal gründlich satt. Überdies traf es dort ein anderes Pferd, einen kleinen Schimmel, und mit dem schien es sich ausgezeichnet zu verstehen.

Die Eingeborenen zeigten Ringelhuth und seinem Neffen unglaubliche Schwimm- und Tauchkunststücke. Dann erhielt der Onkel einen Lendenschurz aus Palmenblättern als Gastgeschenk und musste ihn wohl oder übel sofort umschnallen. Da er aber den Anzug anbehielt, sah er nicht eben vorteilhaft aus. Die Frauen der Eingeborenen lachten sich einen Ast und liefen davon.

Die Jünglinge zeigten ihren Gästen, wie man mit Speeren Forellen fängt und Vögel mit Lassos. Dann fuhren sie in ihren Auslegerbooten ein Achter-Rennen, dass Konrad zu atmen vergaß. Anschließend wurde ein Festessen serviert. Die Menükarte lautete folgendermaßen:

MOSKITO-RAGOUT

HAIFISCHFLOSSEN IN GEGORENEM REISWEIN

GERÄUCHERTE SCHLANGENZUNGEN MIT
ROHRZUCKERSALAT UND
PAMPELMUSENGELEE

KOTELETTS VOM EMU, SCHNECKENPÜREE

KOKOSNUSSCREME IN WALFISCHTRAN

»Da siehst du mal wieder, wie nützlich es ist, dass wir donnerstags unseren Magen abhärten!«, sagte der Onkel zu Konrad und schluckte alles mit Todesverachtung hinunter.

Bei dem Schneckenpüree wäre ihm allerdings fast schlecht geworden.

Konrad unterhielt sich mit Petersilie. Er war traurig. Das Mädchen hatte ihm nämlich erzählt, sie habe keine Zeit mehr. Sie müsse zu der Diamantenwaschfrau Lehmann nach Bali. Denn Papa sei eine Perle aus der Krone gefallen, und die solle durch einen Diamanten ersetzt werden. Konrad sagte, sie möge doch noch ein Weilchen bleiben. Aber Petersilie schüttelte den Kopf, stand auf, gab dem Jungen die Hand, nickte dem Onkel und dem alten Häuptling zu und hüpfte davon.

»Heul nicht, mein Sohn«, sprach Ringelhuth. »Iss lieber.« Aber Konrad war der Appetit vergangen. Er schluckte die Tränen hinunter und meinte, sie müssten nun auch gehen. Ohne Petersilie mache ihm die ganze Südsee keine Freude. Außerdem würde sonst der Aufsatz nicht mehr fertig.

Dem Onkel war's recht. Sie verabschiedeten sich von dem Häuptling, bedankten sich für die herzliche Aufnahme und liefen zu dem Rohrzuckerfeld, um Negro Kaballo abzuholen. Der stand neben dem kleinen Schimmel und sagte:»Herrschaften, nichts für ungut, aber ich bleibe hier. Das Zuckerrohr schmeckt fabelhaft. Außerdem will ich das Schimmelfräulein heiraten. Ist sie nicht süß? Ich will endlich meine eigne Häuslichkeit haben. Ich will die Rollschuhe und den Zirkus und alles vergessen, was mich an Europa erinnert. Auch

werd ich nie mehr ein Wort sprechen. Ich schwör's.
Sprechen schickt sich nicht für Pferde. Zurück zur Na-
tur!«

»Machen Sie keine Geschichten!«, rief der Onkel.
»Das ist doch nicht Ihr Ernst?«

Negro Kaballo schwieg.

»Sie können uns doch nicht zu Fuß nach Hause
strampeln lassen«, meinte Ringelhuth. »Nun machen
Sie doch das Maul auf, Sie vierbeiniger Dickschädel!«

»Er hat ja eben geschworen, nicht mehr zu sprechen«, sagte Konrad. »Und wenn er das Pferdefräulein

heiraten will, wollen wir ihn nicht stören. Wir wollen seinem Glück nicht im Wege stehen!«

Das Pferd nickte. Ringelhuth war aber noch immer wütend. »Ich werde verrückt!«, rief er. »Wozu muss dieses Riesenross heiraten? Ich bin doch auch Junggeselle.«

»Du hast mich zum Neffen, lieber Oheim«, erwiderte Konrad. »Deswegen brauchst du keine eignen Kinder.«

»Passen Sie auf«, sagte der Onkel zu Negro Kaballo. »Sie werden mit Ihrem Schimmelfräulein lauter karierte Fohlen kriegen! Eine Petersilie nach der andern! Wollen Sie wirklich nicht mitkommen?«

Das Pferd schüttelte den Kopf.

»Na, dann Hals- und Beinbruch«, rief Ringelhuth. »Aber machen Sie mir nicht weis, dass Sie ein Pferd wären! Ein Rindvieh sind Sie. Verstanden?«

Negro Kaballo nickte.

»In Gruppen links schwenkt, marsch!«, kommandierte der Onkel, fasste den kleinen Konrad an der Hand und zog mit ihm von dannen.

»Vielen Dank für alles!«, rief der Junge.

Negro Kaballo und seine weiße Braut warfen die Köpfe hoch und wieherten zweistimmig.

»Du hast falschen Tritt«, sagte Onkel Ringelhuth zu seinem Neffen. Es war aber gar nicht wahr. Der Onkel

wollte nur nicht zeigen, dass ihm der Abschied von dem Rollschuhpferd sehr, sehr Leid tat. Sie marschierten durch den Urwald. Er nahm kein Ende. Wilde Tiere brüllten in der Ferne. Paviane warfen Kokosnüsse auf den Weg. Es war ziemlich lebensgefährlich. Konrad sagte, es sei ein Jammer, dass es in dieser Gegend keine Straßenbahnen gäbe. Schließlich sangen sie: »Das Wandern ist des Müllers Lust.«

Als sie mit dem Lied fertig waren, meinte der Onkel, er fände das Wandern gar nicht lustig.

»Du bist ja auch kein Müller«, erwiderte Konrad. »Sondern ein Apotheker.«

»Stimmt auffallend«, sagte der Onkel, sah auf die Armbanduhr und erschrak. »Menschenskind!«, rief er. »Es ist zehn Minuten vor sieben. Wenn wir nicht bald meinem Schrank begegnen, kommst du zu spät zum Abendbrot!«

»Wann ich meinen Aufsatz schreiben soll, weiß ich auch nicht«, erklärte der Junge.

»Na, singen wir noch eins«, schlug der Onkel vor. Und jetzt sangen sie: »Horch, was kommt von draußen rein, hollahi, hollaho.«

Dann schaute der Onkel wieder auf die Uhr. »Wenn jetzt nicht sofort ein Wunder geschieht«, sagte er, »können wir getrost hier bleiben und uns einem der benachbarten Stämme als Sonntagsbraten anbieten.«

»Warum soll denn kein Wunder geschehen?«, fragte jemand hinter ihrem Rücken.

Sie drehten sich um. Da stand Rabenaas, auch Die Schnelle Post genannt, und lächelte.

»Sie waren schon mal so freundlich, uns aus der Patsche zu helfen«, sagte der Onkel. »Könnten Sie wohl meinen ollen Schrank herzaubern, lieber Herr Rabenpost?«

»Rabenaas«, korrigierte der Häuptling. Dann murmelte er:

»Vier mal sechs ist drei mal acht,
und null ist null mal hundert.
Die Wunder werden nur vollbracht
von dem, der sich nicht wundert.«

Daraufhin klatschte er in die Hände, und schon stand der Schrank da! Mitten im Urwald. Zwischen Palmen und Kakteen. »Vielen Dank!«, rief Konrad. Aber Rabenaas, auch Die Schnelle Post genannt, war bereits verschwunden.

»Ein unheimlicher Kerl!«, sagte der Onkel. »Aber sehr liebenswürdig. Das muss ihm der Neid lassen.« Dann schob er den Jungen in die offene Rückseite des Schranks und kletterte hinterher. Und als sie vorn zum

Schrank herausstiegen, landeten sie wahrhaftig in Ringelhuths Korridor! Auf der Johann-Mayer-Straße!

Konrad machte Licht, weil es schon ein bisschen dunkel war und weil er hoffte, er könne in der Nähe des

Schranks noch ein paar Zentimeter echten Urwalds entdecken.

Er sah aber nur Wände und Tapeten.

Der Onkel band sich den Lendenschurz ab und hängte ihn und den Spazierstock in den alten Schrank. Dann sagte er: »So, du Strolch, nun scher dich nach Hause! Grüß die Eltern. Und richte aus, ich käme nach dem Abendbrot auf 'nen Sprung vorbei. Dein Vater soll ein paar Flaschen Bier kalt stellen.«

Der Junge griff nach der Schulmappe, sagte, es sei wunderbar gewesen, gab dem Onkel blitzartig einen Kuss auf die Backe und rannte davon.

»Nana«, knurrte der Onkel. »Gibt mir der Flegel einen Kuss! Das schickt sich doch gar nicht für Männer.« Dann sah er zum Fenster hinaus. Konrad schoss gerade aus der Haustür und blickte hoch. Sie winkten einander zu.

Anschließend brachte Ringelhuth die Wohnung in Ordnung. Denn das Federbett lag noch vorm Bücherschrank. Und die leer gegessenen Teller standen noch auf dem Tisch.

Als er aufgeräumt hatte, ging er auf den Korridor hinaus, öffnete noch einmal den Schrank und blickte neugierig hinein. Er schüttelte den Kopf. Die Rückseite war nicht mehr offen! Eine richtige Schrank-

wand war davor. Und der Lendenschurz war verschwunden.

»So, und jetzt raucht der weit gereiste Apotheker
Ringelhuth eine dicke Zigarre«, sprach der Onkel zu
sich selber und spazierte pfeifend in die Stube.

DER ONKEL LIEST, WAS ER ERLEBT HAT

Als Ringelhuth zu Konrads Eltern kam, hatten sie den Jungen schon zu Bett geschickt.

»Was habt ihr denn heute wieder angestellt?«, fragte Konrads Mutter (also die Frau von Onkel Ringelhuths Bruder).

»Hat er nichts erzählt?«, fragte der Onkel obenhin.

»Keinen Ton«, sagte Konrads Vater. »Der Junge tut,

als seien eure Donnerstage das Geheimnisvollste, was es gibt.«

»Sind sie auch«, entgegnete Ringelhuth. »Übrigens, krieg ich nun ein Glas Bier oder kriege ich keins?«

Konrads Mutter schenkte ihm ein und fragte, während er das Glas auf einen Hieb leer trank: »Was für Dummheiten habt ihr heute gemacht?«

»Ach«, sagte der Onkel, »heute ging's sehr lebhaft zu. Auf der Glacisstraße fragte ein Pferd, ob wir Zucker bei uns hätten. Wir hatten aber keinen. Wer denkt denn auch an so was? Na, und dann kam es in meine Wohnung. Anschließend waren wir beim dicken Seidelbast. Der ging früher in Konrads Klasse. Kennt ihr ihn? Nein? Jetzt ist er Präsident im Schlaraffenland. Besonders nett sind dort die Hühner. Sie legen Spiegeleier mit Schinken. Ja, und dann hatte ich mit Napoleon und Julius Cäsar Krach. Sie saßen nämlich auf unsern Plätzen. Auf bezahlten Plätzen! Später trafen wir die kleine rothaarige Babette. Die ist in der Verkehrten Welt Ministerialrat für Erziehung und Unterricht. Weil ihre Frau Mutter dort ausgebessert wird. Mein Hauswirt, der Clemens Waffelbruch, ist übrigens auch dort. Na, der kann's brauchen. Dann waren wir in der automatischen Stadt. Dort lenken sich die Autos von selber. Und dann ritten wir auf dem Äquator zur Südsee. Ein

Glück, dass ich meinen Spazierstock mithatte. Konrad befreundete sich mit einem schwarz und weiß karierten Mädchen. Petersilie hieß das reizende Geschöpf. Also, ich wundre mich immer noch, dass wir rechtzeitig wieder zu Hause waren!«

Konrads Eltern, die auf dem Sofa saßen, blickten einander entsetzt an. Der Vater sagte ernst: »Komm, zeig mal deine Zunge!« Und die Mutter fragte: »Willst du einen Prießnitzumschlag auf die Stirn?«

»Noch 'n Glas Bier will ich«, meinte Ringelhuth. »Aber rasch, sonst trink ich aus der Flasche!«

»Auf keinen Fall«, rief sein Bruder. »Keinen Tropfen Alkohol kriegst du mehr!«

»Lieber Julius«, sagte Konrads Mutter streng zu ihrem Mann, »warum hast du mir bis heute verschwiegen, dass es in eurer Familie Geisteskranke gibt?«

»Hast du Schmerzen im Hinterkopf?«, fragte Konrads Vater den Apotheker. »War der Junge am Nachmittag zu lebhaft? Du musst strenger mit ihm sein.«

Ringelhuth schenkte sich sein Glas voll, trank und sagte: »Mit euch ist heute wieder mal nicht zu reden. Ihr seid viel zu ernst für euer Alter.«

»Das hat uns noch gefehlt«, rief Konrads Vater. »Jetzt machst du uns noch Vorwürfe! Wir wären zu alt! Du bist zu jung! Dass du's nur weißt!«

»Das gibt's?«, fragte der Onkel. »Na, denn prost! Gehabt euch wohl! Ich guck noch zum Jungen rauf. Mal schaun, wie er schläft.«

»Und gute Besserung«, sagte Konrads Vater.

»Wenn ihr noch mal davon anfangt«, rief Ringelhuth, »renn ich in meine Apotheke, hole Niespulver und spreng euch damit in die Luft. Servus, ihr Trauerklöße!« Er kreuzte die Arme vor der Brust, verneigte sich wie ein vornehmer Türke und verließ die beiden, die ihm bewegt nachblickten.

Ganz behutsam knipste er in Konrads Zimmer das Licht an. Dann schlich er auf Zehenspitzen zu dem Bett hin. Der Junge schlief fest. Aber plötzlich bewegte er

152

sich, lächelte im Traum und sagte: »'ne Mark wär mir lieber.«

Ringelhuth beugte sich über den Schlafenden und flüsterte: »Am nächsten Donnerstag kriegst du 'ne Dampfmaschine, du Lümmel.« Dann sah er sich im Zimmer um. Auf dem Schreibpult lag ein Heft. Er schlich hinüber. »Deutsche Aufsätze« stand auf dem Heft.

Er schlug es auf und blätterte, bis er, was er suchte, gefunden hatte. Er las die Überschrift, und dann las er den ganzen Aufsatz:

Was ich in der Südsee erlebte

An den Donnerstagen ists immer
sehr fidel. Wegen mein Onkel Der ist
Aphoteker und heißt Ringelhuth genau
me ich. Weil er mein Onkel ist Heute
war wieder Donnerstag Und als ich
ihm sagte ich mus ein Aufsatz über
die Südsee machen weil ich gut
rechne und keine Fantersie hab
sagte er da gehn wir so rasch mal
rüber In die Südsee nämlich.
Deinen Lehrer woln wars schon zeigen.

Tut mir Leid, das hat er gesagt.

Na, und ~~ich~~ wir los Es war eine
vasige Tuhr. Erst in den Schrank im
Korridor dann ins Schlaraffenland.
Dann in ne Burg mit verfloßnen
Fürsten Dann wohin schlechte Eltern
erzogen werden Es war lehreich dann
in eine völlich elektrische Stadt
Es gab viels durcheinander. Es gab
Überschwemmung. Der Elektrische
Strom kochte über. Die Fahrstühle
flogen zum Dach hinaus. Wir rauf aufs
Pferd und fand wir alles eins. Wir
hatten es ~~mit~~ auf der Glaeiststrasse getroffen.
Und mit Rucker gefüttert. Und es
~~konnte~~ Rollschuh fahren Das führt
aber zu weit. Mit Hilfe des Ekwators
den ich mir anders dachte ritten
wir kwer durchs Ozean auf eine
Südseeinsel Links und rechts lagen
Inseln Mit Korallenriffen aus

denen man die berühmten Ketten macht. Und mit Heufischen Von denen wollte einer mein Onkel fressen. Wegen dem Bauch aber er hat gar keinen. Ich nicht faul gab ihm ein Ding auf die Schnauze und der Onkel mir ne Mark. Wegen der Dampfmaschiene. Vier Mark 80 ist zuwenig häb ich schon denn dirigirte ein ffe ein Cor. Auch ein Elefant war dabei und klapperte mit Koksmessen. Wir dankten doch sie rissen aus. Besonders hitzlich war die Sache mit den drei Tiegergern. Der Onkel wollte mit den Spazierstock schiessen. Da zogen sie ein weisses Tuch raus und liefen in Urwald. Kinguruhs trafen wir auch. die strickten Strümpfe und die Wolle haben sie in ihren Beuteln densie haben. Am schönsten war daß

wir Petersilie trafen. Das ist ein
kleines Kind und schwarz und
weiss gehästelt. Denn ihr Vater
ist Häuptling und die Mama
blos Tippfräulein. Sie häulte wegen
dem Wallfisch der hinter ihr her
war. Denn die Wallfische sind Säugetiere. Und in Wasser leben sie nur
ausversehentlich. Sie hatte ihm die
Zunge rausgestreckt, und nun war
er tükisch. Rabenaas war ein
Häuptling mit heissen Bratäpfeln und schoss und vertrieb das
Ungeheuer. Leider mußte sie dann
weiter. Weil ihrem Vater eine Perle
aus der Krone gefallen war. Der
Stamm wo wir zu mittag asen
und tauchen konnten die Jungens,
toll. wollte uns gebratenes Menschen-
fleisch vorsetzen. Gottseidank sie
hatten keins. In der Speisekammer

Es gab auch ohnedas verrücktes Tauch.
Eflantensteek Und Kotlets von einen
Vogel, wie der Sträss einer ist. Und
Schnecken mus Onkel Ringelhuth
hätte, fast, aber er hat dann
nicht. Er weis fast stez, was sich
gehört. Leider blieb das Pferd dort.
Um eine Schimmelen zu heeraten.
Als wir uns von Petersilie verab-
schiedet hatten, sagte, der Onkel es ist
gleich und wenn wir nicht gleich
der Schrank begegnen bleiben wir
da, und lassen uns braten. Aber da
kam Babenaas wieder und hechste
den Schrank hin und wär wir durch
waren stonden wir wieder in dem
Onkel seine Wohnung und der
sprach nun mach daß du Hein
komst, sanst kräuchts. Meine Eltern
haben nichts gemerkt denn ich kam
zum Abendbrot zu recht und das

is bei uns die Hauptsache. Und
dann hab ich mich hingesetzt
und den Aufsatz geschrieben trotz
demsich in der Südsee war und
zurück und einen freien Aufsatz ja
rüber ~~alles~~ das soll mir mal
einer nachmachen.
Ohne meinem Onkel wäre es
nicht zumachengewesen. Aber
ist ja aus derselben Vormilge.
Mein Onkel hats auch gesagt.
Das ist wohl alles was ich in der
Südsee erlebt habe, kann sein auch
nicht, aber es war sosehr vieles, wenn
mans aufschreibt vergißt man die
Hälfte. Und wärs nicht glaubt lässt
es eben bleiben Oder er kann ja
mein Onkel fragen der heißt wie
ich und is Apotheker und da
kann er was erleben.

Onkel Ringelhuth legte das Heft behutsam aufs Schreibpult zurück, ging noch einmal zum Bett hinüber, nickte dem schlafenden Jungen zu, schlich auf den Zehenspitzen zur Tür, drehte sich dort noch einmal um und sagte, während er das Licht ausknipste: »Gute Nacht, mein Sohn.«

Und dabei war es doch nur sein Neffe.